佐藤青南

白バイガール

最高速アタックの罠

実業之日本社

実業之日本社文庫

白バイガール *The motorcycle police girl*
最高速アタックの罠

contents

白バイガール

最高速アタックの罠

1st GEAR

1

スロットルを開くと、ヘルメットのシールドを叩《たた》きつける風の圧力が増した。

内腿《うちもも》に力をこめて車体を制御し、ステアリングを軽く握り直しながら、ほんの少しだけ身体《からだ》を前傾させる。フロントパネルの左側にあるマイクのスイッチをオンにし、本田木乃美《ほんだこのみ》は前方を走る二人乗りの原付バイクに呼びかけた。

「こら！　そこの原付！　止まりなさい！」

吹鳴《すいめい》する甲高《かんだか》いサイレンの音に負けないように。できるだけ毅然《きぜん》と、低く、腹から声を出して。

もともと友人たちから、癒やし系アニメ声と称される甲高い声質だ。年々丸くなる輪郭と垂れ目の典型的なタヌキ顔も相まって、最近では見た目までアニメキャラに近づいているとからかわれる。すべてが威厳とはほど遠く、警察官は自分には不向きな職業なのではと、かつては悩んだものだ。警察官拝命から八年。念願の交通機動隊に異動してからは三年が経過し、もはや新人とはいえないキャリアになってきた。いまでこそ市民に愛されてこその仕事だと開き直れるが、それでも違反者には舐《な》められたくないし、罪のない市民以外を癒やしてやるつもりもない。

　前方を走る原付バイクの運転者に腕を巻きつけるようにしていた同乗者が、軽く身体をひねって白バイを振り向いた。頭の上半分しか保護しないハーフタイプの赤いヘルメットをかぶっているせいで、顔立ちがよく見える。たぶんまだ十六、七歳ぐらいの少年。運転者は後ろ姿しか見えないが、ほっそりと幼い身体つきからすると、同乗者と同じぐらいの年齢だろう。こちらのヘルメットも黒いハーフタイプ。まったく、そんなものぜんぜん頭部の保護になっていないじゃない。かなり薄着だし、後ろに乗ってる子なんてハーフパンツだし。転倒してからじゃ遅いんだからね！　あのときフルフェイスでしっかり頭部を保護しておけば、長いズボンを穿《は》いていれば……って！

　ふいに赤ヘルメットの生《なま》っ白《ちろ》い顔が歪《ゆが》んだ。かろうじてそれとわかる笑顔。挑発しているつもりか。危険運転への恐怖は抱きつつも、追跡してくる白バイにたいして弱みを見せないよう、懸命に虚勢を張ってこしらえたような表情だった。

赤ヘルメットが正面を向き、黒ヘルメットの右手がアクセルをひねる。軽い車体の前輪が軽く浮き上がるようにしながら速度を増した。お願いだから事故を起こさないで。誰も傷つけないで。「誰も」の中には、あなたたち自身も含まれるんだからね。木乃美は祈るような思いで、さらにスロットルを開く。

神奈川県川崎市《かわさき》。川崎駅前から海へとのびる大通りを、原付バイクとそれを追尾する白バイが、わずかな桜の花びらと大量のスギ花粉を舞い上がらせながら、まばらな車列の隙間《すきま》を縫うように走る。春のやわらかい日差しに街全体も眠たげな平日の昼下がり。それほど交通量が多くない時間帯とはいえ、人口一五〇万を超える政令指定都市だ。唐突に始まった追跡劇を、歩道のギャラリーたちが迷惑半分興味半分といった面持《おもも》ちで見守っていた。

原付バイクが赤信号を無視して交差点に進入する。ひやりとしたが、サイレンの牽制《けんせい》が利いているらしく、付近の車は停止しており、左右から交差点に進入する車両はない。ほっと安堵《あんど》の息をつく。

ともかくこれで二点減点。すでに定員外乗車、進路変更禁止違反、三〇キロ近い速度違反を犯しているため、一発免停のレッドカードだ。最初はただ二人乗りを注意しようと声をかけただけなのに、そこから逃げて違反を重ねる意味がわからない。

次の交差点に差しかかる。

原付バイクが、左車線からの強引な車線変更で右折レーンを横切り、交差点を右折しようとする。その程度で裏をかいたつもりか。白バイ舐めんなよ。

「こら！　止まりなさい！」

さらに減点一。もう、ここから何点引かれようが結果は同じなんだけど——。

なかばあきれて違反車両を追尾しながらも、まずいな、と木乃美は思った。たしかこの先には小学校がある。周辺はスクールゾーンになっていたはず。さらにまずいことに、そろそろ入学したばかりの一年生の下校が始まりそうな時間帯だった。

できれば小学校からは離れてほしい。

そんな木乃美の願いとは裏腹に、原付の二人組は選んでほしくない道ばかりを選択し、小学校に近づいていく。

ここまでか。

木乃美は内心で舌打ちしながらスロットルを緩めた。

原付バイクのお尻が遠ざかる。

悔しい。けれど、勝ち負けで取り締まりに臨むわけではない。万に一つでも、無関係な市民を事故に巻き込むわけにはいかない。

これで正解。

自らに言い聞かせながらサイレンを切り、無線交信ボタンで本部に報告する。

「交機《こうき》七八から神奈川本部。先ほどの逃走車両ですが、小学校が近いため、いったん緊急走行を解除。追跡を中止します」

『神奈川本部から交機七八。了解。市民の安全に留意せよ』

本部からの応答に続いて、すかさず先輩隊員の元口航生《もとぐちこうき》の声が飛んでくる。

『マジかよ！　逃げられちゃったのか』

「交機七八から交機七三。すみません、元口さん。これから通常走行で付近を捜索してみます」

『元口。本田の判断は間違っていない。この時間に小学校の近辺で追いかけっこなんかしたら、児童を巻き込む恐れがある』

そう擁護《ようご》してくれたのは、木乃美の所属する神奈川県警第一交通機動隊みなとみらい分駐所A分隊の班長をつとめる、山羽公二朗《やまはこうじろう》だった。

『まあ、そうなんすけどね。だけど、いきがってるアホどもにはしっかりお灸《きゅう》を据えてやらないと、またやらかしますよ』

自身もやんちゃだった過去のせいか、元口の不良少年たちにたいする姿勢はあたたかくも厳しい。

『その点なら大丈夫でしょう』と、今度は川崎潤《かわさきじゅん》が交信に割り込んできた。木乃美と同じ女性白バイ隊員。警察官としては木乃美が先輩だが、白バイ隊員としては潤が先輩。並外れたライディングテクニックを持ち、すでに箱根《はこね》駅伝の先導役も任された同い年の同僚の存在は、木乃美にとって憧れであり、支えであり、前に進もうとする原動力でもある。

『木乃美。ナンバー覚えてるでしょ』

反射的に頷《うなず》き、この頷きは相手からは見えないのだと気づいた。

「覚えてる。幸区《さいわいく》〈う〉の○○○○」

無線越しに聞こえる口笛は元口のものだ。

『おまえさ、もしかしてサバンナ育ち?』

「島根にサバンナはありません」

『でもさ、そうでもなきゃ、その異常な目の良さ、説明がつかないってばよ』

視力は両目とも一・二。悪くはないが、飛び抜けてよくもない。だが木乃美の場合、動体視力が並外れていた。自分にとっては当たり前すぎて警察官になるまで意識したこともなかったが、天分と呼べるほどの能力らしい。いまでは、交通機動隊員としての最大の武器だという自負もある。大きく蛇行《だこう》しながら走行して撹乱《かくらん》したつもりでも、原付バイク程度のスピードなら離れた場所からナンバーの数字を読み取るのは造作もなかった。

追跡中止の判断は無関係な市民の巻き添えを防ぐためというのが最大の理由だが、

すでにナンバーを目視で確認し、記憶しているからでもあった。逃げ得は許さない。犯行はしっかり現認したので、自分のしたことの代償は後日、しっかりと払わせる。

これからは法定速度内で周辺を巡回しながら違反者を捜索し、見つけられればしめたもの。だがかりに見つけられなくとも、運輸局にナンバーを照会して後日家庭訪問する。

そう思っていたのだが――。

遠くにサイレンの音が聞こえた気がして、木乃美は眉《まゆ》をひそめた。気のせいか。自分が鳴らしていたサイレンの残響か。いや違う。かすかだったサイレンの音は次第に大きくなり、平和な住宅街の空気をにわかに緊張させる。

電波を通じて声が飛んできた。少し鼻にかかった、声変わりの途中のような幼さを残した若い男の声。

『交機七九から交機七八。〈小田栄町《おださかえちょう》〉の交差点から田島町《たじま》に入りました。もうすぐ臨港小学校です』

ほどなく木乃美の遠く前方の交差点を、一台の白バイが右から左へと横切る。かなりのスピードだ。

『交機七三から交機七九！　おい！　鈴木《すずき》！　交信聞いてたろ！　追跡は中止だ！』

元口が呼びかけても反応はない。

『シカトかよ。あいついったいなにやってんだ』

舌打ちだけが虚《むな》しく響く。

「行ってみます」

元口には届いていないだろうが、木乃美には、近づいたり遠ざかったりするサイレンとエンジン音が聞こえている。原付バイクを捜し回っているのか、それともすでに発見して追跡劇を繰り広げているのか。

法定速度を守りながら、音を追いかけて住宅街をさまよっていた木乃美だったが、三分ほどで音源に辿《たど》り着いた。

角を曲がると、一〇メートルほど前方で白バイ、その数メートル先に原付バイクが停止している。二台ともすでにエンジンは切られており、交通法規違反を犯した二人の少年も、それを追っていた白バイ隊員もバイクをおりたばかりのようだった。

警察の執念に屈したわけではなく、あくまで逃走に飽きただけだといわんばかりに、少年二人はへらへらと笑い合っていた。

ところがいきなり「なにやってんだ、おまえら！　ケーサツ舐めてんのか！」と白バイ隊員に恫喝《どうかつ》され、おびえた様子で互いの顔を見合った。途中から追っ手が替わっていることに気づかなかったようだ。追っ手が女性だと思い込んでいたらしい。

すっかり血の気を失った顔の二人組に歩み寄った白バイ隊員は、黒いヘルメットの少年のトレーナーの胸ぐらをつかんだ。

「なんとか言ってみろよ、こら！　ケーサツから逃げ回るのをゲーム感覚で楽しんでんのか！　おまえらの遊びに付き合ってるほど、おれらは暇じゃねえんだぞ！」

力任せに揺さぶられ、黒ヘルメットの少年はいまにも泣き出しそうに顔を歪めている。

「そういうわけじゃ――」

相棒を救おうと口を開いた赤ヘルメットの少年だったが、白バイ隊員の「じゃあなんなんだ！」という怒声にびくっと肩を揺らし、口を噤《つぐ》む。

「教えてくれよ。定員外乗車、信号無視、速度違反、車線変更禁止違反。なんかやむにやまれぬ理由があったんだろう？　なきゃやらないよな。おまえらの危険な運転のせいで、なーんも悪いことしてない善良な市民の生命が危険にさらされたんだ。ちゃーんと納得のいく説明ができるんだよな」

白バイ隊員を見上げる赤ヘルメットの少年の瞳に反抗の光が宿ったが、それも一瞬だった。

「なんだ、その眼は」

「なんでも」

「なんか言いたいことありそうだな」

「いえ……ありません」

「あ?」

「ありません。言いたいことは」

うつむいた赤ヘルメットの少年が、ぶんぶんと顔を横に振る。

木乃美は白バイのエンジンを切り、少年たちを詰問《きつもん》する白バイ隊員の背中に声をかけた。

「鈴木くん。もうそれぐらいで」

ちらりとこちらを振り向いたのは鈴木景虎《かげとら》。戦国大名のような名前だがまだ二十一歳で、三週間前に南川崎署の交通課から異動してきたばかりの新人隊員だ。

とはいえ鈴木の尊大な振る舞いを見れば、木乃美のほうが五期も先輩だとは、とても信じてもらえないだろう。

鈴木はむすっと唇を歪め、しじみのような小さな目を細めて、木乃美を睨《にら》みつけた。

「そんな甘っちょろいこと言ってるから舐められるんですよ。下手《へた》したらこいつらの無謀な運転で、罪のない誰かが死んでたかもしれないんです。二度とこんな馬鹿やらないように、しっかり説諭しておかないと。なあ、おまえら。なあ」

鈴木がズボンのポケットに手を突っ込み、少年たちの顔を下から覗《のぞ》き込《こ》む。通行人に因縁《いんねん》をつけるチンピラのようだ。少年たちは涙目の視線を泳がせながら、ひたすら鈴木の視線を避けている。

「無謀な運転でおまえらが死ぬのはかまわないさ。死にたきゃさっさと死ねばいい」

「鈴木くん」

「けど他人を巻き込むんじゃない。おまえらだけで勝手に死ね。馬鹿は馬鹿同士殴り合ってりゃいいんだ。そうすれば文句はない。警察としてもゴミ掃除ができてせいせいする」

鈴木が少年の赤いヘルメットをぱしん、と叩いた。怯《おび》えきった少年は、もはやされるがままだ。

もう一度、鈴木が手を振り上げたところで、木乃美はたまらず声を上げた。

「鈴木くん！」

相手が違反者といえ、さすがにこの態度は目に余る。

鈴木がじとっとした横目を向けてくる。

「……説諭の範囲を超えてるから」

鈴木は鼻白《はなじろ》んだように顔をしかめた。その表情のまま、なにか言いたげにしばらく木乃美を見つめる。それから、黒ヘルメットの少年に手をのばした。

「免許出せ」

「え……」

「免許だよ。あんだけ違反しといて、まさかお咎《とが》めなしで解放してもらえるとでも思ってんのか」

「そういうわけじゃ……」

「なら出せ」

もじもじとしながら互いの顔を見合う二人の態度を見て、木乃美はピンと来た。

だから逃げたんだ——。

「なにやってんだ、早くしろ。さっきも言ったが大人はそんなに暇じゃない。いつまでおれの時間を奪う気だ」

「鈴木くん。たぶんこの子たち——」

木乃美が言いかけたそのとき、黒ヘルメットの少年が予想通りの内容を呟《つぶや》いた。

「持ってないんです……」

「あ?」

「免許……持ってないんです。だから、二人乗りを注意されて逃げました」

よほど鈴木のことが怖いらしく、最後のほうは声だけでなく全身がガタガタと震えていた。

2

ジグザグに並べられたパイロンの間を、木乃美の駆るCB1300Pがするするとすり抜けていく。ステアリング捌《さば》きはやわらかく、体重移動のタイミングも文句なし。よし。よし。よし。

「視線！　視線！　先を見てね！　先を！」

川崎潤は両手をメガホンにして指示を飛ばした。

パイロンスラロームを抜けた木乃美が、8の字走行のエリアに差しかかる。小刻みな体重移動とステアリングが要求されるパイロンとは違い、8の字走行に求められるのは思い切りだ。倒れ込むようにしてバンクさせ、狭い場所で車体をUターンさせる必要がある。ライダーにとっては、眼前に迫る地面に激突するのではないか、転倒するのではないかという恐怖との戦いだ。だが潤の好敵手《ライバル》は、もうそんな心配をするようなレベルではない。

木乃美が小さな身体に反動をつけて振り子のように倒し、ステアリングをいっぱいに切る。三〇〇キロ近い重量のバイクがくるりと鼻先を回転させ、Uターンする。

すぐに車体を起こし、今度は逆にターン。綺麗《きれい》に決まった。

「いいよいいよ！　気を抜かずに！　次、小道路！」

停止した状態からくるりとUターンして走り出す小道路旋回は、バランス走行操縦競技種目の中でもっとも実務に即したものかもしれない。対向車両を追跡する際などに役立つライディングテクニックだ。

潤はふと、木乃美と出会った三年前を思い出した。転倒したバイクを起こすことすらままならず、気が弱くて違反者に舐められてばかりだった木乃美。そのくせ夢だけは大きくて、真っ直《ます》ぐで、ひたむきに努力を続けていた木乃美。最初はそんな木乃美が大嫌いだった。いや、本当は眩《まぶ》しかったし羨《うらや》ましかったんだと思う。あまりに自分と違うから。自分にはないものを持っているから。眩しくて、眩しくて、目が開けていられなかった。でも木乃美はずっとそばにいてくれた。私が眩しさに目が慣れるまで、ずっと待っていてくれた。

小道路旋回は、かつて木乃美がもっとも苦手とするテクニックだった。恐怖心から車体をじゅうぶんにバンクさせることができず、ターンの角度が足りずによく明後日《あさって》の方角に突進していた。

初めて出場した中隊の白バイ安全運転競技会でも、小道路旋回に失敗して関係者席のテントに突っ込み、あわや交機隊中隊長を轢《ひ》き殺すところだったっけ――。

潤が小さく思い出し笑いをしたとき、木乃美は潤の記憶とは正反対の走りを見せていた。無駄のない動きで小道路旋回を決めたのだ。そのキレのある走りに、現在に引き戻された潤は思わず背筋をのばす。

「ナイス！　もうひと息！」

その後も木乃美は狭隘路《きょうあいろ》を想定した長さ一五メートル、幅三〇センチの一本橋を立ち上がったまま低速で走行するナローコースや、一定の速度まで加速した状態で急な指示に従い、回避路を選択して指定位置に停止する回避制動などのテクニックを難なくこなしてみせた。もはや三年前の、未熟を絵に描いたような木乃美はどこにもいない。よくぞここまでという感慨と、少しずつ自分が必要とされなくなるような、一抹《いちまつ》の寂しさ。複雑な感情の波に襲われ、潤はふいにこみ上げたものを懸命に呑《の》み込《こ》んだ。いまが春でよかった。瞳が潤んでいても花粉症のせいにできる。

「わー、失敗したー」

ヘルメットを脱いだ木乃美が、汗で濡《ぬ》れた髪を乾かすように天を仰ぎ、頭を左右に振った。それに合わせて、後ろで結んだ髪の束も揺れる。

「そう？　けっこういい感じだと思ったけど」

けっこう、どころじゃない。うかうかしていたら追い抜かれそうだ。ふと頭をもたげた危機感に、潤は身の引き締まる思いだった。いつまでも木乃美の練習に付き合っている場合じゃない。私もライテクを磨かないと。

「ナローコースの一本橋。ちょっとふらついちゃったんだよね」

「そうだった？」

「そうだよ。潤。ちゃんと見てた？」

木乃美が不服そうに頰を膨らませる。

感傷に浸るあまり、木乃美の走りをよく観察できていなかったのだろうか。かりにそうだったとしても、上の空になったのなんて一瞬のことだろう。ほんの一瞬のふらつきを失敗と捉えるようになったなんて、成長したものだ。以前はふらついていないときのほうが少なかったのに。

「見てたよ。かなりよかったと思う。木乃美、上手《うま》くなったよね」

「そうかなあ」

木乃美が眉を歪め、虚空を見上げる。

「そうだよ。だって前はしょっちゅう転んでたじゃん。転んでバイク起こせなくて泣いてさ」

「そんな昔の話……」

木乃美が恥ずかしそうに笑った。

「あのときに比べたら見違えるだろ」

「そりゃそうだけど、そんなレベルの低い話なの」

違う。そんなレベルではない。いまの木乃美なら、一か月後に迫った中隊の競技会でもじゅうぶんに優勝を狙える。競技会は毎年秋に開催される全国大会に向けての神奈川県警代表選考も兼ねているから、優勝すればほぼ確実に全国大会への切符を手にできる。それはつまり、箱根駅伝の先導という木乃美の夢が現実味を帯びてきたことを意味する。例年、箱根駅伝の先導役には、全国白バイ安全運転競技大会の出場者が任命されるならわしになっている。

木乃美は成長した。いまや「女性にしては」という前置きを抜きにしても、すぐれたライディングテクニックを持っているし、立派な白バイ隊員だと胸を張って言える。

だからこそ、許せないことがあった。

「それにしても、あんの野郎……」

潤は背後を振り返り、五〇メートルほど先に建つ平屋のプレハブを睨む。第一交通機動隊みなとみらい分駐所の事務所だった。横浜みなとみらい21の広大な埋め立て地の金網で囲った一角に、ガレージと並んでぽつんと建っている。

「まあ、いいじゃない、別に。違反者は捕まえられたんだし、誰も怪我《けが》しなかったんだし」

「そういう問題じゃない。結果がよければなにをしてもいいわけじゃない。いたずらに市民を危険にさらしたことが問題なんだ」

 やや困ったように眉を下げる木乃美はまったく気にしていないようだが、先ほどの鈴木の態度を思い出すと、潤はどうしてもはらわたが煮えくり返る。

鈴木は木乃美からの応援要請を受け、逃走車両の追跡に加わった。応援要請を聞いたのだから、その後の本部やA分隊との交信も、当然耳に入っていたはずだ。なぜ木乃美が緊急走行を解除したのかも、知っていたことになる。小学校が近く、しかも一年生の下校時刻が迫っていたためだ。

万に一つでも、子供たちを危険に巻き込むことがないように。

だが鈴木は、同じ条件で追跡を続行した。後で元口から「なんでおれの指示を無視すんだ」と叱られたときには「すみません。無線の調子がよくなくて、交信が聞き取れませんでした」と言い訳していたが、ぜったいに違う。鈴木は先輩隊員の制止を、あえて無視した。

分駐所に戻ってから、潤も鈴木を叱った。鈴木は表面上こそ反省するそぶりを見せていたが、それが本心でないのは明らかだった。違反者を捕らえたのに叱られるのは納得いかないという、少しふてくされたような態度だった。謝っておけば済むのならとりあえず謝っておこう、という内心がありありと伝わってきた。

「あいつ、マジで気に食わない」

最初からそうだった。鈴木には、心の底で他人を見下しているような印象がある。自分より上か下か、つねに相手の品定めをしている。そして鈴木にとって自分より上か下かの判断基準は、どうやらライディングテクニックらしかった。以前から交通機動隊への異動を熱望していたというだけあって、たしかに鈴木のテクニックには目を瞠《みは》るものがあった。自分でもかなり自信を持っているのだろう。

とはいえ、三年前ならともかく、いまの木乃美がライディングテクニックで鈴木に著しく後れをとっているとは思わない。おそらく木乃美は、普段ののほほんとしたキャラクターのせいで鈴木に舐められている。とてもバイクの操縦が上手くは見えないから。普段の言動が白バイ隊員らしくないから。女だから。

木乃美に接するときの鈴木の言動の端々から、そんな本心が見え隠れする。木乃美が気にしなくても、潤には看過できない。鈴木、あんた、自分が思ってるほどライテクがあるわけじゃないから！　バランス走行操縦競技で十回木乃美と勝負しても、勝ち越せるかどうかってところだと思うよ！　っていうか、そもそも白バイ乗りはライテクあればいいわけじゃないから！　速く走りたいだけならレーサーでも目指しとけっての！

「潤はなんで、そんなに鈴木くんのことを毛嫌いするの」

木乃美の素朴な疑問に、意識を引き戻された。思わず言葉が喉につっかえてしまう。

「け、毛嫌いしてるわけじゃない」

そもそも木乃美のために怒っているのに。

あまりにお人好《ひとよ》しで平和主義な木乃美のことが、潤はときどきじれったくなる。もっと自信持ちなよ。あんた、本当はすごいんだよ。そう言って叱咤《しった》したくなる。

だが、「そうなの？」と首をかしげる木乃美の丸い頬と向き合うと、潤の毒気も抜かれてしまうのだった。

「ああ。嫌ってるわけじゃない。単車の操縦が上手けりゃそれでいいって勘違いしてるのが、むかつくんだ。だいたい、あいつは自分で思ってるほど上手いわけじゃない。調子に乗ってると、そのうち取り返しのつかない失敗をやらかすぞ」

「それはあるかもね」

「そうだよ。それに木乃美がいろいろ話しかけるのを、迷惑そうにしやがってさ」

「私は気にしてないよ」

苦笑する木乃美に声をかぶせた。

「私がむかつくんだ。あいつ、木乃美が自分に興味を持ってるとでも思ってるのかね。勘違いするなっての。木乃美が話しかけてるのは新人が早く仕事に慣れるように気を遣ってるからであって、けっして個人的な興味からじゃ――」

今度は木乃美から声をかぶせられた。

「潤、やさしいんだね」

やさしい？　私が？

木乃美はすぐそばの東京湾から吹く潮風のせいで顔にまとわりつく髪の毛を手で払いながら、穏やかな笑みを浮かべている。皮肉を言ったわけではなさそうだ。相変わらず、自分にはできないものの捉え方をする。

親友からの思いがけない言葉の意味を量りかねて絶句していると、木乃美がふと視線を動かした。潤もつられて同じほうを見る。

金網の途切れた敷地の出入り口から、シルバーのトヨタ・クラウンが乗り入れるところだった。

「あれ、梶《かじ》さんじゃない？」

木乃美も「本当だ」と頷く。

クラウンのハンドルを握るのは、元交通機動隊員の梶政和《まさかず》だった。助手席に乗っているのは誰だろう。鳥の巣のようなモジャモジャの髪型は、とても警察関係者に見えないが。

クラウンはだだっ広い敷地の隅の、そう決められているわけではないがなんとなく来客用駐車スペースになっている一角に駐車した。梶と助手席の男が車をおり、事務所に向かって歩き出そうとする。並んで歩くと梶のほうがだいぶ背が高そうに見えるが、それは鳥の巣頭の極端な猫背のせいだろう。実際には長身の梶とあまり変わらなそうだ。

「梶さーん」

木乃美がその場でぴょんぴょんと飛び跳ねながら手を振る。梶は鳥の巣頭になにやら言葉をかけ、高跳びの助走のような大きな歩幅で近づいてきた。

「本田。川崎。久しぶり」

「でもないですよ。最後に会ってからまだ二週間です」

潤の冷静な指摘に、梶が苦笑する。

「それもそうか」

異動の内示が出てから数え切れないほどの送別会を繰り返して盛大に送り出したものの、梶の異動先は徒歩でも二〇分ぐらいしかかからない、神奈川県警本部だった。いまでも山羽班で飲み会をやろうとなれば当然のように声をかけるし、本人も当然のような顔で出席している。

「でもこれまで毎日会っていたのが二週間も会わなかったら、やっぱり久しぶりだよ」

そう言って目を輝かせる木乃美は、二週間どころか数年ぶりの友人に会ったかのようだった。とことん性格良いな。潤は微笑した。

「梶さん。スーツなんですね」

潤が言うと、梶が着心地《きごこち》悪そうに自分のスーツの襟をつかむ。

「当たり前だろう。もう交機じゃないんだ」

「似合いますよ」

褒《ほ》めたつもりなのに「おまえ、からかってんだろ」と顔をしかめられた。ところが、同じ言葉を木乃美が発すると、素直に受け取れるらしい。

「潤はからかってなんていないよね。本当によく似合います」

「そ、そうかな」

「梶さん、背が高いからなんでも似合いますね」

梶はまんざらでもなさそうに髪の毛をかいた。

「子供たちには、いまだに白バイの制服のほうが似合ってたって言われるから、ちょっとへこんでたんだ」

「そんなことないです。交通乗車服もすごく似合ってたけど、スーツ姿も素敵です。なんか、デキる男って感じで。ねえ、潤」

木乃美から同意を求められ、潤は曖昧に肩をすくめた。

私だって褒めたのにな。木乃美の天真爛漫《てんしんらんまん》で誰にも愛されるキャラクターを、潤自身も愛しているのに、どうしてもときどき嫉妬《しっと》してしまう。そして、そんな自分がいやになる。

「梶」遠巻きにしていた鳥の巣頭が歩み寄ってきた。

「おお。待たせたな。悪い」

梶が男を振り返る。

「こいつ、いまの部署の同僚で宮台健夫《みやだいたけお》」

梶に紹介された男は、「県警本部交通捜査課。宮台」とぶっきらぼうに名乗った。潤は思わず木乃美と顔を見合わせる。宮台のあまりの無愛想さと、所属に驚いたからだった。

この男が刑事――？

「おいおい。なんだよその態度は」

二の腕を小突く梶に、宮台が温度の低い横目を向ける。視線だけでなく、全体的に温度の低い印象の人物だ。

「なにが」

「なにが、じゃないだろう。おれの交機時代のかわいい後輩たちだぞ」

「おれの後輩ではない」

「神奈川県警所属という意味では、おまえの後輩でもあるだろう」

「だったらなんだ」

「もっとこう……あるだろう。笑顔だとか、楽しい話題だとか」

もどかしそうにする梶とは対照的に、宮台はロボットのようだ。

「愛想を振りまくのはおまえに任せると言ったはずだが」

「そういう言い方はないだろう」

宮台はかなり変わった人物のようだ。それにしても異動から三週間でずいぶん打ち解けたものだと思っていたら、梶が「同期なんだ」と宮台を指差した。

「そうなんですか」

木乃美ほどおおげさにリアクションしてくれると、話《はな》し甲斐《がい》もあるだろう。

「ああ。警察学校時代に教官に楯突《たてつ》いてはぶん殴られてたイメージしかないから、いまや周囲から交通捜査課のホームズなんて言われて崇《あが》められてるって聞いても、いまいちピンと来なくてな」

「楯突いたわけではない。事実誤認を指摘しただけだ。そもそもこの髪はもとからそうなのであって、ほかと同質化するためにストレートパーマをあてろなど、言いがかりもいいところだ」

鳥の巣頭は天然パーマらしい。

「ホームズって、宮台さんのことだったんですか」

目を見開く潤の隣で、木乃美が首をひねる。

「潤。知ってるの？」

「むしろ知らないの？　事故原因調査やらせたら右に出る者はいないって、県警で評判になってるよ。ホームズが交通捜査課に入ってから、ひき逃げの検挙率が五パーセント上がったって」

噂《うわさ》に聞いたことがある。根気強い証拠集めとそれらを結びつけてストーリーを作り上げる論理的思考力で交通事犯を解決に導く『交通捜査課のホームズ』。それがいま目の前にいる、警察というよりはロックバンドにいそうな風貌の、超然とした鳥の巣頭の刑事だとは。勝手にもう少し年輩の男を想像していた。

「そうなんだ。宮台さん、そんなすごい人なんですか」

木乃美が自分の口に手をあてる。

宮台はほとんど唇を動かさずに答えた。

「すごくない。まわりが無能なだけだ」

「おまえな、いまの発言、佐藤《さとう》さんとか吉田《よしだ》さんに聞かれても知らないぞ」

愉快そうな梶の口ぶりからすると、佐藤と吉田は交通捜査課の同僚だろうか。

「聞かれたところで連中にできるのは陰口を叩くぐらいだ」

「言うね」

参ったという感じに、梶が両手を上げた。

「宮台さんがホームズってことは、梶さんはワトソンですね」

木乃美が言い、梶が嬉《うれ》しそうに自分を指差す。

「なるほど。おれはワトソンか」

「ワトソンならもっと助手らしい働きをしてほしいもんだがな」

宮台が鼻に皺《しわ》を寄せ、梶が笑う。

ともあれ梶は早くも新天地に馴染《なじ》んでいるようだ。潤は内心でほっとしながら訊《き》いた。

「ところで今日はどういう……？」

交通捜査課だって暇ではない。世間話をするために、わざわざ交機隊の分駐所を訪ねてきたわけではないだろう。

梶は宮台と視線を交わし、気を取り直すように表情を引き締めた。

「詳しくは事務所で話そう」

3

みなとみらい分駐所の事務所には、吉村賢次《よしむらけんじ》分隊長以下、A分隊山羽班の全員が集合していた。

ひとしきり元同僚たちと旧交をあたためた梶は、どこがいいかなと事務所を見回した後で、元口の席についた。三週間前まで梶が使っていたデスクは、すでに鈴木の席になっている。梶は鈴木と初対面なので気を遣ったのだろう。

ノートパソコンを開いた梶の周囲に、隊員が集まった。

「この映像を見てもらえますか」

そう言って梶がタッチパッドをタップすると、液晶画面いっぱいに夜の街が現れた。画面の下のほうにはメーターパネルが見えるので、バイクのヘルメットに小型カメラでも取り付けて撮影しているのだろうか。ライダー視点の映像だ。街灯や看板、建物の窓に灯《とも》る光が左右に流れている。

「あれ。これって、あそこじゃね？」

梶の肩に手を置いた元口が身を乗り出すようにしながら、画面を覗き込む。

「横須賀《よこすか》街道だな。能見台《のうけんだい》駅の近く」

山羽が眉間に皺を寄せ、たくましい腕を組んだ。

まだ土地勘の薄い鈴木以外の隊員には、撮影地点がどこかすぐにわかったようだった。なにしろパトロールで何百回と通っている道だ。

「え。でもこれ……」

木乃美は戸惑ったように同僚たちの顔を見回す。

その木乃美を見上げ、梶はぎこちなく笑った。

「やばいだろ。時速一五〇キロ以上出てる」

「ひゃ……」

あまりの数字に、元口の色黒の顔もわずかに白くなる。

一人だけ離れた自身の執務デスクで書き物をしていた分隊長の吉村も、立ち上がって近づいてきた。だが吉村が画面を覗き込もうとするころには、動画の再生は終わっていた。一分弱という短い映像だ。

梶がふたたび動画を再生させる。

「これって一般道ですよね。制限速度は、時速何キロなんでしょう」

鈴木が誰にともなく訊くと、「四〇キロ」と木乃美に即答され、やや面食らったようだった。

「よく覚えてますね」

賞賛よりは悔しさが強く滲《にじ》む、鈴木の口調だった。

「ううん。覚えてるわけじゃないけど、映像に速度標識も映ってたから」

「えっ……」

そんなの映ってたっけ、という顔をする。まだ木乃美のすごさを認められないようだ。たしかに速度標識らしきものは映っていた。だが夜中に高速で走行するバイクのライダー視点で撮影された、それほど鮮明ではない映像だ。じっくり目を凝らしたとしても、一回見ただけで読み取れるのは木乃美ぐらいなものだろう。

呆気《あっけ》にとられた表情の鈴木を見ながら、潤は内心でほくそ笑んだ。そろそろ認めなよ。本田先輩はすごいんだって。

「四〇キロ制限ってことは、一一〇キロオーバーか」

吉村が難しい顔で顎《あご》を触る。

「これ、誰が撮ったんですか」

潤の質問に、少し離れた場所で麦茶を飲んでいた宮台が口を開いた。

「わかっていたらここには来ない」

身も蓋もない言い方に苦笑しながら、梶が言う。

「SNSで拡散されて話題になっていたものです。サイバー犯罪対策課から、こういう映像が広まっていますと連絡がありました」

「サイバー犯罪対策課から上がってきたのなら、それこそ発信源のアカウントぐらい特定できるんじゃないですか」

鈴木の指摘はもっともだという感じに、梶が大きく頷く。

「もちろん、この動画をSNSで拡散したアカウントは特定した」

「五十代会社員。東京都足立《あだち》区在住。三日前に会いに行ってきた」と、宮台が梶を補足する。

「だがそいつは、ネットで拾った動画だと言い張っている。拾った動画を自分のもののように偽って、SNSにアップロードしたそうだ」

「その動画が、五万人以上に拡散されたというわけです」

梶が困ったものだという感じに眉を下げた。

「紛《まぎ》れもない犯罪行為だっていうのに、こんなものを公開してまで注目を浴びたいものかねえ」

元口は軽蔑《けいべつ》する口調だ。

梶が眉を上下させる。

「そのおっさんは、二輪どころか普通免許も持ってなかった。当然、単車なんか持ってない」

「免許持ってなくても単車には乗れますよね、違法ですけど」

潤の意見には、おまえはそのおっさんを見ていないからさ、という感じの肩をすくめるしぐさが返ってきた。とてもバイクで一一〇キロもの速度違反を犯すことができるようには見えない人物のようだ。

「その男がどこかで拾った動画をアップロードしたとして、オリジナル動画の発信源は特定できないのか」

山羽が宮台のほうを向いた。

あらぬ方向を見つめて鳥の巣頭をかきむしる宮台に、答える気はなさそうだ。

「おい。宮台」と梶が叩く真似《まね》をする。

「なんだ」

「それが人にものを頼む態度か」

「おれにそんな気はない。交機に力を借りたらどうだと言い出したのは、おまえだ」

「おまえなあ……」

途中でやめたのは、諭したところで無駄だと思ったのだろう。梶が山羽のほうを向いた。

「実はSNSで拡散されたこの手の動画は、一つではありません。あまりにネットを騒がせているものだから、交通捜査課としても看過するわけにはいかなくなり、本格的な捜査に着手することになりました」

「どういうことですか」

木乃美がきょとんとしている。

論より証拠とばかりに、梶がふたたびタッチパッドをタップする。

動画の再生が始まった。先ほどと似たような夜の街を走るライダー視点の映像だが、街並みが違う。

真っ先に反応したのは、鈴木だった。

「これは川崎ですね。小杉《こすぎ》あたりの綱島《つなしま》街道だ」

元川崎南署勤務だけに、川崎市内の道は知り尽くしているようだ。

「これもスピードやばいな」

元口が苦いものを飲んだような顔になる。

先ほどの動画ほどではないものの、速度メーターはつねに一〇〇キロ付近を指していた。一般道なのでもちろん速度違反だ。

二つ目の動画もおよそ一分。

「で、次」とタッチパッドを操作する梶に、「まだあるんですか」と木乃美が驚きの声を上げた。

「これで最後だ。いまのところ交通捜査課が存在を把握している動画は三本」

再生された動画はやはり先ほどと似通っているが、景色が違う。画面を流れるのは横浜市保土ケ谷《ほどがや》区の街並みだった。

そして景色以外にもう一つ、それぞれの動画に相違点があった。

「これって……もしかして、三つとも車種が違いません？」

木乃美も気づいたらしい。

「いや。もしかして、じゃないだろ」

「当然違うだろうよ」

元口と梶に揃《そろ》って突っ込まれ、あたふたと挙動不審になる。

「え。みんな気づいてたんですか」

「当たり前だっつーの」

「メーターパネルが違うじゃないか」

「えーっ。みんな気づいてたなんて。すごい発見しちゃったって思ったのに」

両手で自分の顔を挟んでショックを表現する木乃美を見て、山羽があきれたように肩を揺すった。

元口と梶が言ったように、三つの動画の画面下部に映るメーターパネルがそれぞれ異なっていた。

「このメーターパネルから、車種を特定できるんじゃないでしょ——」

鈴木が言い終える前に、潤は言葉をかぶせた。

「スズキ」自分の名前を呼ばれたと思ったのか、鈴木がびくっとなる。

だが違った。「ＧＳＸ－Ｓ１０００Ｆ」

「え？」鈴木はなにを言われたのか理解が追いつかないようだ。

「だからスズキのＧＳＸ－Ｓ１０００Ｆ。最後に流れた映像の車種はね。ちなみに最初のはヤマハＸＪＲ１２００Ｒ、二番目のがヤマハＦＪＲ１３００」

しばらく固まっていた鈴木が、遅れて驚きの表情になる。

「メーターパネルだけで車種がわかったんですか」

「あと排気音。ってか、交機隊員なのにわかんなかったの」

「えっ……と」

鈴木が当惑した様子でほかの隊員の顔色をうかがう。当然なんですか？　交機隊員なら、排気音だけで車種まで特定できるものなんですか？

そんなはずがない。排気音で車種を特定するのは潤の特技だった。うぬぼれ気味な新人に、少しばかり意地悪してやったのだ。そのことがわかっている同僚たちは、懸命に笑いを噛《か》み殺《ころ》している。

「じゃあ県内で重大な速度違反をして、その模様を撮影して配信した人物が、少なくとも三人はいるってこと？」

木乃美が神妙な顔つきで言う。

「そうとも限らないんじゃないか。乗ってるバイクが違うだけで、ライダーは同じって可能性もある」

元口の言う通りかもしれない。

「いや。三台のライダーはぜんぶ別人だと思う」

おもむろに口を開いた山羽に、潤は訊いた。

「そう考える根拠はなんですか」

「視線の高さだ。三つの映像は撮影された視点の高さがそれぞれ微妙に異なる。もちろん、車種が違えばシートの形状も違うし、跨《また》がったときの視点の高さも違ってくるだろう。だがそれを差し引いても、やはり視点の高さの差異が大きい。小型カメラがヘルメットに取り付けられていたと考えると——」

「身長が違うってことか」

元口が言い、山羽が頷く。「その通りだ。あとは、乗車姿勢の癖《くせ》な」

山羽の発言を踏まえ、一同はふたたび三つの動画を見返した。たしかに三台のバイクを駆るライダー同士には体格差、あるいは乗車姿勢の違いによると思われる視点の高さのズレが見られる。三台のライダーは別人と考えていいだろう。

「もしかしたらあれじゃないか。最高速アタック」

唇を歪めた元口が、顔をぼりぼりとかく。

「最高速アタック？」

木乃美は知らないようなので、潤が説明した。

「いま見た動画の通りだよ。公道でマシンの性能をその限界までどれだけ引き出せるかっていう遊び。言うなれば度胸試しだね。もちろん違法行為だから、たいていの場合、動画は鍵付きのアカウントとかで友人限定公開にするんだけど、たまにこうやって世界に犯罪行為をさらして逮捕される間抜けがいる。もしかしたら、もともとは鍵付きのアカウントで限定公開されていたのに、それを見ることのできる誰かが動画をコピーして拡散したのかもしれない」

「遊びでやってるの？　こんなスピード出してたら、とっさのときに対応できないじゃない！」

木乃美は顔を真っ赤にして怒った。

「できないね」

「死んじゃうかもしれないのに！」

「死んじゃうだろうね、このスピードだったら」

そのとき、鈴木がつまらなそうに手遊びをしながら言った。

「馬鹿はさっさと死んじまえばいいんですよ」

かちんときた。馬鹿が誰かを巻き込んで罪のない誰かを死なせるかもしれない。そうでなくとも馬鹿にだって死んだら悲しむ家族がいるかもしれない。いつか馬鹿が改心するかもしれない。こいつにそんな考えはないのか。

人を信じられない人間が、交機なんか志望するなよ！

後輩を叱責《しっせき》しようと口を開きかけたが、吉村が口を開く。

「三つの動画のライダーがそれぞれ別人だとして、それを拡散したのは一人なのかい？　その足立区の会社員、だったかな」

頷く宮台を代弁するように、梶が言う。

「ええ。その男も、この三本の動画を拡散していました」

「も？」

元口が反応する。その男も、というのは引っかかる表現だと、潤も思った。

梶が続ける。

「同じ動画を発信しているアカウントが、ほかにもいくつかあったんだ。ＳＮＳの運営会社に情報開示請求をしているからいずれ身元は判明するだろうが、誰が誰の動画をパクったのか、結局のところ誰がオリジナルの発信者なのか、特定するのには時間がかかるかもしれない」

「人の動画をパクってまで注目を浴びようとしてるってことですか。そこまでする意味がわかんね」

やれやれという感じで両手を広げる元口に、梶が意味ありげに目を細める。

「おまえだって、よくガールズバーで芸能人と知り合いだって嘘《うそ》ついて注目集めようとしてるじゃないか」

「あれはガールズバーだからっすよ」

「動画を発信している連中だって、ＳＮＳだから嘘ついても大丈夫だと思ってるんだろう。同じだ」

「そうかな。一緒にしないでほしいけど」

元口が不服そうに口をすぼめた。

「それにしても今日は来てよかったです。三本の動画のライダーがそれぞれ別人らしいとわかったのは、大きな収穫でした。そうだよな、宮台」

梶に同意を求められたが、宮台はつまらなそうに顔をかいている。

「おいっ」二の腕を小突かれ、ようやく小声で返事をした。

「そうだな」

「なんだって？」

梶が耳に手を添え、訊き返す。

宮台はややむっとした様子で、声のボリュームを上げた。

「たしかに三本の動画のライダーが別人だとわかったのは、収穫といえる。餅は餅屋とはよく言ったものだ」

「これ、こいつにとって最大限の賛辞ですよ。昔から本当に素直じゃないんです」

「余計なことを言うと、運転手をお役御免にするぞ」

満足げな梶を、宮台が横目で睨む。

山羽は微笑した。

「今後も協力できることがあったら、なんでも言ってくれ。もしも県内で最高速アタックなんて遊びが横行しているようなら、交機としても黙って見ているわけにはいかない。一刻も早く手を打たないと大変な事故につながる」

「わかりました。ぜひよろしくお願いします」

梶はそう言いながら宮台の肩を抱いた。宮台はいやそうな表情だったが、梶の手を拒絶しなかった。

4

「このあたり……かな」

記憶に残る映像とフロントガラス越しの景色を重ねながら、木乃美は覆面《ふくめん》パトカーのブレーキを踏み込んだ。ちょうど路肩が膨らんだスペースがあったので、ハザードを焚《た》いて停車する。

横浜市金沢区《かなざわ》。京急《けいきゅう》本線能見台駅に近い国道沿いだった。横浜市といえば一般的には大都会のイメージかもしれないが、実際にそのイメージに沿うのは、西区《にし》や中《なか》区などの一部地域だけだ。市の南端に位置するここ金沢区の夜は、色の濃い闇に包まれ、終電の時刻をとっくに過ぎた午前二時ともなれば、人通りどころか車の往来すらほとんどなくなる。

くねくねとのたうつ蛇のように南北にのびた道路は片側一車線で、左右を背の高いコンクリートの擁壁《ようへき》に挟まれている部分も多く、けっして見通しが良いとはいえなかった。こんな道を時速一〇〇キロ以上のスピードで走行するなんて白バイ隊員の木乃美ですら恐怖を感じる。ライダーはいったいどういうつもりだったんだ。

当直勤務の夜だった。木乃美は覆面パトカーの助手席に班長の山羽を乗せ、パトロールに出ている。先週、梶と宮台から速度違反の動画を見せられてからは、動画が撮影されたポイントを中心に警ら《》するようにしていた。だがいまのところ、それらしき不審車両とは遭遇していない。ほかの隊員からも、無茶な速度違反の二輪車を取り締まった、あるいは目撃したという報告は挙がっていなかった。

「なんであんなこと、するんですかね」

静止画のような夜の景色を眺めながら、木乃美は鼻で息をついた。

「あんなことって？」

山羽は眠気を堪《こら》えたような、明瞭さのない発声だ。

「最高速アタックですよ」

「そりゃ本能というか、性分じゃないか。速く走れるマシンがあれば、どれだけ速く走れるのか、ためしてみたくなるのが人情ってものだろう」

「でもわざわざ公道でやらなくても」

「おっしゃる通り」

「しかも動画で撮影して、全世界に発信するなんて」

「おっしゃる通り」

「私の話、聞いてます？」

「おっしゃるとお……」

弾《はじ》かれたように顔を横に向ける。

山羽は大口を開けていまにも欠伸《あくび》をしそうだった。

懸命に欠伸を呑み込んだ様子で、山羽が作り笑いを向けてくる。

「聞いているさ。ちゃんと」

どうだか。ライディングテクニックにかんしては申し分ないし、リーダーシップもあり、違反者を説き伏せる話術もすぐれていて、いざというときには本当に頼りになるが、いざというとき以外にはどうにもつかみどころのない人だ。

木乃美は鼻に皺を寄せ、ハンドルに両手を載せた。エンジンを切る。包み込むような静寂が広がる。なにもしないでいると、睡魔に負けてしまいそうだ。

寝るな。寝るな。寝る……。

山羽が「なんか違う気がするんだよ」とぼそりと口走り、木乃美は意識を引き戻された。口の端に垂れたよだれをこっそりと拭う。不覚にも微睡《まどろ》みに片足を突っ込んでいたらしい。

「違うって、なにが違うんですか」

細めた目でこちらを見ていた山羽が「おはよう」と笑い、木乃美をはっとさせてから、話を続けた。

「ライダーは楽しんでいない」

なにを言わんとしているのか理解できない。

「あの動画の話だ。見れば見るほど、ただの酔狂で暴走しているとは思えない。もっと切迫したなにかを感じる。なにかにせき立てられているというか、追われているというか」

「追われている？　なにかから逃げながら、動画を撮影していたっていうんですか」

そんな馬鹿な。だが山羽には冗談を言ったつもりなどないらしい。

「本当になにかから逃げているわけじゃない。もののたとえだ。あの走りからは、マシンをかっ飛ばす楽しさよりも、もっとなにか鬼気迫る感情がほとばしっていた。遊びで走っている感じじゃなかった」

「走りでライダーの気持ちなんか、わかるものですか？」

「わかる」当然のような口ぶりだった。

「走りほどライダーの心理がダイレクトに反映されるものはない。私生活の乱れは心の乱れにつながり、心の乱れは走りの乱れにつながる」

珍しく説教臭い話だと思ったが、それだけでは終わらないのが山羽だ。

「おれも新人時代、付き合っていた女と別れたときには、走りが乱れて先輩から叱られたものさ」

「心底どうでもいい話ですね」

「そう言うな。とにかく、走りにはライダーの心理状態がダイレクトに反映される。少なくともあの動画のライダーは、いや、正確にはライダーたちか……連中は走りを楽しんでいない。それだけは断言できる」

「三人ともですか」

「ああ。そうだ」

「じゃあ、なにが目的であんな危険な運転を」

「そこまでは知らん」

山羽はつまらなそうにかぶりを振り、ふうと長い息をついてシートに身を預けた。

窓の外の暗闇に視線を投げかけ、ぽつりと言う。

「本田は最近、乗務するのが楽しそうだな」

「乗務が楽しくなかったときなんてありません」

つらいときはもちろんあった。だがそれすらも夢を叶《かな》えるプロセスだと考えれば楽しかった。なりたいなりたいと熱望し続けて、ようやくなれた白バイ乗務員なのだ。楽しくないわけがない。

「そうかもしれないが」山羽は苦笑する。

「最近はとくに充実しているんじゃないか」

「そう……ですかね」

「自覚ないか」

山羽が困ったように眉を下げる。

「以前と変わらず、楽しいのは楽しいですけど」

だが潤にも最近急激に上手くなったと言われた。

「おまえもそろそろ一人前の白バイ乗り、かな」

山羽の珍しくしみじみとした口調に、木乃美はなぜだか喉の奥にこみ上げるものを感じた。交通機動隊員になってからの三年間が、いや、それよりももっと前の、テレビで見た箱根駅伝でランナーを先導する白バイ隊員のかっこよさに衝撃を受けたときからの出来事が、走馬灯のように蘇《よみがえ》る。なにその「思いがけないタイミングでやさしさを覗かせる攻撃」。やめてよ。ぐっ、と唇を引き結んで持ちこたえたつもりが、うっすらと視界が滲んでしまう。さりげなく目もとを拭《ぬぐ》いながら笑った。

「わ、私なんかまだまだ課題だらけで」

「知ってるよ。そんなの」

山羽がにやりと目を細める。

「ずっと潤のことを追いかけてるけど、いつまでも追いつく気がしなくて」

「それはどうかな」

「えっ……」

「たしかに単純なライテクなら川崎のほうが上かもしれない。でも交機隊員として必要なスキルを総合的に判断すると、おまえと川崎はもうどっこいどっこいじゃないか。おまえがここで、川崎がここ、元口がちょっとだけ上」

山羽が横にした手刀を上下させながら、隊員たちの能力の高さを表現する。木乃美と潤は山羽の胸の前でほぼ同じ、元口は少し上の、顎の前あたりだった。

「班長は？」

「おれは当然ここ」

天井に触れるほど手刀を高く上げる。

「班長。謙遜《けんそん》って言葉、知ってます？」

「知ってるさ。だからこのぐらいの高さで収めてるんだ」

「さすがですね。じゃあ鈴木くんは？」

「あいつか。あいつは……」

低くおろした手刀を腹のあたりで上下させながら迷っている様子だった山羽が、やがて判定を放棄した。

「あいつはまだ評価に値しない。自分のことしか見えていない」

「手厳しいですね」

「上司として冷静に評価を下しているつもりだ」

「鈴木くん。上手いですけどね」

自分の新人時代を思い出すと、その差は歴然だ。

だが、「だから？」と訊き返され、答えに詰まった。

「たしかに上手いよ、あいつは。だが上手いだけじゃ交機じゃない。あれはまだ、ただのバイク小僧だ。この間の無免の原チャリを追いかけたときにもかなり危ない真似して、元口や川崎に叱られてたろ」

「そうですね」

追跡を断念した自分の判断は正しかったと思う。だが結果的に、鈴木は事故を起こすことなく違反者を捕まえた。ということは、鈴木の判断も正しかったのかもしれない。闇雲に突っ込んだのではなく、あの結果につながる確信があったのだとしたら、はたして鈴木は責められるべきなのだろうか。

木乃美が思考の迷宮に迷い込みかけたとき、山羽が言った。

「川崎のやつ、ずいぶん鈴木にご執心だな」

ちらりと視線を向けられ、木乃美は微笑《ほほえ》んだ。

「そういえば潤、班長と同じようなことを言ってました。鈴木くんは、単車の操縦が上手ければいいって勘違いしている……って」

山羽が噴き出した。

「本当にそう言ったのか、川崎が」

「え、ええ」

なにがそんなにおかしいのだろう。

「単車の操縦が上手ければいいって、それってまるきり昔の川崎なのにな」

はっとなった。たしかにそうだ。考えてみれば、鈴木と昔の潤は似ているのかもしれない。

「本当だ。そうですね」

「あいつ、きっと昔の自分を見ている気分なんだろうな。だから余計に腹立つんだ」

二人で笑い合ったそのとき、山羽がふいに動きを止め、身を乗り出すようにする。

「単車来たな」

はるか前方からヘッドライトの光が近づいてきた。

木乃美はエンジンを始動させた。いちおうアクセルペダルに足を乗せて発車にそなえるが、気持ちは緩めたままだった。こちらに近づいてくるまでの時間から考えても、それほどスピードを出しているように思えなかったからだ。

だが山羽は拡声器のマイクを手に取った。

木乃美は驚いて助手席を見た。

「止めるんですか」

暇つぶしに職務質問をするような人ではないのだが。

山羽は目を細めて前方を見据えたまま言う。

「言ったろ。走りにはライダーの心理状態がダイレクトに反映される」

いや、この場合は心理状態というより体調か、と首をひねってから、前方に顎をしゃくった。「あのライダー、たぶん飲んでる」

「お酒ですか」

「ああ。ハイボール二杯と生ビール――」

「そんなことまで!?」

思わず声が裏返ったが、「わかるわけないだろ。冗談だ」と言われて脱力する。さすがにそれはないか。飲んだ酒の種類まで言い当てたら超能力だ。

「でも飲んでるのは本当だ」

早口でそこまで言い、マイクを口に近づける。

「バイクの運転手さん。道の脇に寄せて止まってもらえますか」

ヘッドライトが近づいてくる。

本当に飲酒しているのか？

じっと目を凝らしてみるが、木乃美には見極められない。だが一つだけ明らかなことがあった。

バイクはまったく速度を緩める気配がない。

「勘弁してくれよ」

山羽はうんざりとした様子で首を回した。マイクを持つのとは反対の手をダッシユボードにのばし、マグネット式の赤色回転灯をつかむ。

ヘッドライトはすぐそこだ。速度は落ちない。むしろ増している気がする。

「やめとけ。やめとけ。逃げてもいいことないぞ」

心の声が無意識に漏れたという感じに呟きながら、山羽が助手席側のウィンドウをおろす。そしてマイクを口もとに寄せた。

「止まってください」

どうせ無駄だろうという気持ちが露骨に表れた投げやりな口調。

案の定、山羽のアナウンスが終わるころには、バイクは覆面パトカーの横を通過し、走り去っていた。

「行くぞ」

「はいっ」

木乃美がアクセルを踏み込み、山羽が赤色回転灯を屋根に載せる。

ハンドルをいっぱいに倒してUターンしようとしたが、曲がりきれずに対向車線側のガードレールに衝突しそうになる。

「ああ。もうっ!」

バイクだったらなんてことない道幅なのに!

歯噛みする思いでギアをバックに入れ、切り返してから再度発進した。

テールランプはすでに小さくなっている。サイレンの音にせき立てられるように、思い切りアクセルをべた踏みしてバイクの後を追った。

「脇道に逃げられるとまずいな」

山羽がそわそわとした様子で前方をうかがう。木乃美も同感だった。バイクのライダーは明らかに警察を振り切ろうとしている。狭い道に逃げ込まれたら、小回りの利かない四輪が断然不利になる。

「本田。ナンバーは確認したか」

「まさか！　どれだけ距離があると思ってるんですか」

余裕がなくてつっけんどんな受け答えになった。

「それもそうだな」

あくまで人並み外れた動体視力を持っているというだけで、人より遠くまで見えるというわけではない。

左右からのふいの飛び出しや出会い頭の衝突に気をつけて神経を張り詰めさせながら、じりじりと速度を上げていく。できる限りの努力はするつもりだ。だがおそらく、バイクはどこかの脇道に入るだろう。追跡を続けながらも、なかば諦めの心境だった。

ところが。

ふいに、テールランプが近づいたように感じた。

気のせいかと思ったが、違うようだ。たしかにテールランプは次第に大きく、はっきりと見えるようになる。

「どういうことだ」

逃走車両が急に速度を落とした上に、脇道に逃げ込もうともしないことを、山羽も不審に思ったらしい。首をひねっている。

ともかくバイクに追いついてきた。その距離およそ一〇メートル。

ナンバーもはっきり読み取れるようになってきた。観念したのだろうか。

「道の脇に寄せて止まってください」

拡声で指示する山羽の声にも、わずかな安堵が滲んだ。

バイクが速度を落とし、木乃美もブレーキペダルに体重を乗せた。

三〇、二〇、一〇……。メーターの速度が落ちる。

はっきりと車体のフォルムが確認できる距離まで近づいた。

「セロー250か。ラッキーだったな」

山羽が口笛を吹く真似をする。

「速いんですか」

「速さはたいしたことないんだが、オフロード仕様だから、足回りが良くて小回りが利く。狭い道に逃げ込まれたらひとたまりもなかった」

そう言いながらも腑《ふ》に落ちない様子なのは、脇道に逃げさえすれば追っ手を撒《ま》けたはずなのに、なぜその方法を選ばなかったのかと疑問に思っているからだろう。

ブレーキペダルを踏みきる。

覆面パトカーがいまにも停止しようとした、そのときだった。

突如《とつじょ》として目の前が真っ白に染まり、木乃美は一瞬、わけがわからなくなる。

「まだやんのかよ！」

山羽の慌てた声で、セロー250がエンジンを空ぶかしし、白煙が広がったのだと理解した。煙幕とともに単気筒《たんきとう》特有のパタパタとした排気音を残し、バイクが走り出す。木乃美も素早くブレーキからアクセルへとペダルを踏み替え、セロー250を追った。

「おい、止まれ！　ナンバー控えてるぞ！」

山羽の拡声での呼びかけを無視して、みるみる加速する。あっという間に法定速度を超えた。

「いい加減にしろっての。本田。速度計測に入るぞ」

山羽が舌打ちしながら速度計のスイッチを入れる。

「了解です！」

木乃美は一定の間隔を保って追尾しようとするが、引き離される。相手が加速を続けているためだ。アクセルの踏み込みを深め、なんとかついていく。そうしているうちにメーターの数字は上昇を続け、ついに時速一〇〇キロを突破した。

「なにやってんだ、あいつは。スピード出すようなマシンじゃないだろうが」

山羽の口調は、その性能の限界に近づきつつあるマシンを気遣っているようでもあった。

だがゼロ－250は速度を上げ続ける。

一一〇キロ……一二〇キロ……。

そしてついに一三〇キロ。

スピードへの恐怖に全身の産毛《うぶげ》が逆立つ。二輪だと体感速度はもっと上のはずだ。四〇キロ制限道路なので、九〇キロオーバー。十二点の減点。途中で二回の信号無視をしているので、かりに酒気帯び運転の疑いが濡《ぬ》れ衣《ぎぬ》だとしても免許取り消しになる。

なんとしてでも逃げきるつもりなのだろうか。

捕まえたい。でもそれ以上に、事故を起こさないでほしい。

木乃美がそう思ったとき、ふいにゼロ－250のテールランプが近づいてきた。

速度を落としたらしい。すでに速度計の数字は確定させていたが、追突を避けるためにバイクとの間隔を保ちながら減速する。

やがてセロー250が停止した。

木乃美がハンドブレーキを引く前に、二度と逃がさないぞといわんばかりの勢いで山羽が助手席を飛び出していく。

だが今回は逃走の心配はなさそうだった。

ライダーはシートからおり、フルフェイスのヘルメットを脱ごうとしている。駆け寄った山羽が男の腕をつかんだところで、木乃美も車をおりた。

「なにやってんだおまえは！　死ぬ気か！」

山羽が珍しく激昂《げっこう》している。

「すんません。すんません」

こくりこくりと頷くように頭を下げる男は、木乃美と同じくらいの年代だろうか。山羽よりもこぶしひとつぶんほど背が低いので、身長は一七〇センチ台後半。眉を細く整え、短髪にＭＡ－１のジャケット、ブラックデニムという、やんちゃ坊主がそのまま青年になったような風体だ。そして、ろれつが回っていない。飲酒運転という山羽の直感は正しかったのだと、木乃美は確信した。

「どんだけ飲んだ」

「飲んでないっす」

男は否定するが、とても説得力のない口調だ。

「嘘つけ。飲んだろ。ちょっと車で話そうか」

「別にいいです。いいです。一人で帰れます」

「こっちがよくない。そんなんで帰らせるわけにはいかないんだ。ちょっと来て」

山羽に目で合図され、木乃美は覆面パトカーの後部ドアを開いた。

いいです、いいです、と拒否する男の首根っこをつかんで引きずるようにしながら、山羽が男を後部座席に座らせた。山羽自身も男と並んで後部座席に乗り込む。

木乃美は運転席に戻り、グローブボックスからアルコール検知キットを取り出して山羽に渡した。ストローでビニール袋に吹き出した呼気中のアルコール濃度を検知器で測る、アルコール呼気検査を行うためだ。呼気一リットルあたりのアルコール濃度が〇・一五ミリグラム以上で処罰対象となる。

「これ、吹いてみて」

「飲んでないっすよ」

「いいからこれ、ふーっ、てやって」

やや強い口調で言われた男がストローを口に含む。男の呼気で膨らんだ透明なビニール袋が白く染まった。検知器に表示された数値は〇・二三ミリグラム。飲酒している。

　その後、直立テスト、歩行テストに移ったが、男は真っ直ぐに歩行することができなかったため、酒気帯びよりもさらに重い酒酔い運転として処理することになった。

　免許証や本人からの聞き取りによれば、男の名前は沢野克彦《さわのかつひこ》。二十六歳。横浜市戸塚《とつか》区在住。電気工事関係の会社で働いていたが三か月前に退職し、現在は求職中だという。

　とてもこのまま帰せる状態でないので、最寄《もよ》りの警察署である金沢八景《かなざわはっけい》署に連絡を取り、留置場に宿泊させることにした。

「沢野のセローはおれが署まで乗っていく。おまえ一人で大丈夫か」

　山羽に確認され、木乃美は後部座席を振り返る。横になった沢野が、気持ちよさそうに寝息を立てていた。途中で目を覚ましたら厄介なことになりそうだが、その心配はなさそうだ。

　寝顔はけっこうかわいいのに。

　沢野の寝顔と危険運転のギャップがおかしくて、木乃美はふっと笑った。

「大丈夫です」

　じゃあ、と路上に駐車したままの沢野のバイクに向かおうとした山羽が、なにかを思い出したように戻ってくる。

なんだろうと首をかしげる木乃美に、山羽は言った。

「時間的に連絡がつくかわからないが、梶に電話してみてくれないか」

「え……いま、ですか」

もうすぐ午前三時なのに。

「ああ。あいつらが到着するころには、沢野の酔いも覚めているだろう」

しばらく固まった後で山羽の意図がわかり、「えっ？」と木乃美は目を見開いた。

「あの動画のライダーが……？」

沢野なんですか？　と目顔で訊《たず》ねる。

「はっきりそうだとは言えない。だが走りを見ていたら、なんとなく似ているような気がしたんだ。もし違ったらあいつらを夜中に叩き起こしただけになってしまうが、おれがあいつらの立場なら、それでも連絡してほしいと思う。念のためだ」

木乃美はもう一度、後部座席を振り返った。

自分の手の平をまくらにし、シートの上で溶けるようにだらりと身体を投げ出して眠っている。

この男が、速度違反の動画を撮影して世界に配信した――？

2nd GEAR

1

午前の二時間半警らから戻った隊員一同が昼食を摂《と》っていると、事務所の引き戸が開いて宮台と梶が入ってきた。

「お疲れっす」

元口が白飯を口いっぱいに頬張り、箸を持ったまま手を上げる。それに軽く手を上げて応じ、梶は山羽のほうに歩いていった。

「先日はどうもありがとうございました」

山羽が申し訳なさそうに肩をすくめる。

「いや。悪かった。無駄足を踏ませてしまって。しかもあんな時間に叩き起こして」

「まったくです。あんな時間に起こすならもっと確度の高い情報を……」

宮台が黙ったのは、梶から肘鉄を食らったからだった。

梶が頭を下げる。

「そんなことはありません。どんな些細《ささい》な情報でもほしいとお願いしたのはこちらのほうです。感謝しています」

「無駄足って、あれですか、一昨日班長と本田がとっ捕まえた酔っ払いの」

元口がもぐもぐと口を動かしながら言う。

「そうだ。沢野克彦。っていうかおまえ、食べ物口の中に入れたまま話すなよ」

梶が不快そうに顔を歪めた。

「なんなんすか、梶さん。白バイ降りたからって急に上品ぶってんすか」

「交機にいるときから注意してたはずだけどな」

「酒酔いで捕まりたくなくて一三〇キロも出したんだっけ」

潤があきれたように笑い、木乃美が頷く。

「そう。でも……」

それだけが理由だろうか。職務質問を拒んで逃走した沢野が酒を飲んでいたことは事実だが、逃走の理由の目的は、飲酒運転の隠蔽《いんぺい》だけなのだろうか。あの日のセロー250の不自然な挙動を思い出すと、どこか腑に落ちない。

「でも、なに？」

潤に促されてもやもやとした引っかかりを言葉にしようとしたが、それよりも先に鈴木が毒づいた。

「そいつ馬鹿ですよね。酒酔いを隠すために逃げて、信号無視二件に九〇キロオーバーの速度違反とか、マジ意味わかんないですよ。そういう馬鹿はぜったいに繰り返すから、一生免許再取得できないようにしてやれば――」

「木乃美」鈴木の話を無理やり遮る、潤の強い口調だった。「なんか言いかけてたよね。なに？」

不服そうに唇を歪める鈴木をちらりと横目で見てから、木乃美は言った。

「なんか引っかかるんだ。あの人」

「どんなふうに？」

元口が首をかしげる。

「なにがどうと具体的に説明するのは難しいんですけど、捕まりたいのか捕まりたくないのかわからないっていうか」

「捕まりたいだと？」

「そんなわけないでしょう」

元口と鈴木が口々に言う。

「ええ。たしかに捕まりたいとまでは思ってないでしょうけど、捕まってもかまわないというかどうにでもなれというか、そんな投げやりな印象があって」

たとえば、と木乃美は記憶を辿る顔になった。

「最初に対向車線を走ってくるのが見えた時点で、沢野のバイクはそれほど速度を出していませんでした。スピードを上げたのは、班長に声をかけられてからです」

そうだった。最初は、わざわざ止める必要があるのかと訝《いぶか》ったのだ。少なくとも法定速度を守っていたと思う。なのに山羽が拡声で指示を出してから、急に速度を上げた。

「飲酒していたからじゃないか。止められてアルコール呼気検査でもされたらまずいと思ったんだろう。おかげで速度違反まで加わったのは馬鹿だけど」

元口が言う。

「逃げているときも、脇道に逃げ込めば逃げ切れたはずなのに、そうしませんでした。それどころか急に速度を落として、私たちに追いつかせたような気がします」

「諦めたんだろ。交機を振り切って逃げられるわけがない」

「でも一度は振り切られそうになったし」

「その場で逃げたところで、ナンバーを覚えられてたら終わりじゃないか」

そのナンバーすらも、最初の段階では確認できていなかった。木乃美にナンバーを確認させずに逃げ切るのは可能だったはずだ。

「あとは……アルコール呼気検査の結果、呼気中のアルコール濃度は〇・二三ミリグラムでした。〇・一五ミリグラムという基準値を上回っているから、もちろん処罰対象です。だけど、頑張れば酒気帯び運転として十三点の減点で済みそうな数値でもあります」

「頑張れば……って」

潤が苦笑する。

だが、自身もその場にいた山羽は笑わなかった。

「沢野が直立テストや歩行テストでわざと失敗したと言いたいのか」

「わざと、とまでは言いません。高くはないけれどアルコールの反応が出た以上、影響は免れないでしょうから。アルコールへの耐性には個人差があるし、ごく少量で運動能力に支障が出る人もいると思います。だけど酒酔いと酒気帯びでは、処罰内容に大きな差があります。誰だってできるだけ軽い処罰で済ませたいはず。真っ直ぐに立って、真っ直ぐに歩く。それができれば酒気帯びで済ませられるんです」

〇・二三ミリグラムという数字で、あそこまで泥酔するだろうか。平成十四年の改正道路交通法施行により基準が引き下げられるまでは、酒気帯びにもならない数値だ。

「直立テストと歩行テストに臨む沢野から、少しでも処罰を軽くしようという執着が感じられなかった。木乃美はそう言いたいの？」

潤に覗き込まれ、木乃美は顎を引いた。

「そう」

鈴木が馬鹿馬鹿しい、という感じに鼻を鳴らし、潤がぎろりと鈴木を睨む。鈴木は視線に気づかないようにしている。

「九〇キロもの速度違反に、信号無視二回だろ。それだけでとっくに免許取り消し決定じゃないか。だから別に酒気帯びだろうが酒酔いだろうがどっちでもいいやって、投げやりな気持ちになったんじゃないか」

また口に食べ物を入れたまましゃべった元口が、「だから言ってるだろう」と梶に注意されている。

「そうかもしれません。でも、逃げるときの様子も変だったし、実際、楽しんで速度違反を犯している感じじゃなかったんですよね」

木乃美は山羽を見た。山羽は沢野の走りが、動画で見たライダーのそれに似ていると指摘した。具体的には、三本の動画のうち、三番目に見せられたスズキＧＳＸ－Ｓ１０００Ｆの走りに近いと感じたそうだ。

そしてそれ以前には、あの動画のライダーたちは、走りを楽しんでいないとも指摘していた。ということは、沢野は好きであんな危険な走りをしたわけではないということにならないか。なにか事情があるのではないか。

「まあ、そうなんだが、沢野が飲酒していたのは事実だし、わざと警察に捕まろうとしたっていう推理には、さすがに無理がある。そうすることで、あいつになんの得がある」

山羽が髪の毛をかきむしる。

「なにかから逃げていて、留置場に入りたかった……とか」

話している途中で自信がなくなってきて語尾が萎《しぼ》む。沢野が何者かに追われてないなかったことは、あのとき沢野を追った木乃美自身が一番よくわかっている。

「いや。本田の言い分も、あながち的外れとは言えないかもしれないぞ」と、梶がフォローしてくれた。

「直立テストや歩行テストに臨む沢野は、失敗してもかまわないという投げやりな心境だったろう。あるいは、わざと失敗した可能性もある」

「事情聴取でなんかわかったんですか」

元口がにわかに興味深そうな顔つきになった。

「妻子に逃げられた」

宮台がぼそりと告げた。

「あの男、暴走族上がりらしい。暴走族を抜けてからは仕事を見つけて結婚もして、子供もできたんだが、どうにも昔の血が騒ぐというか堪え性のない性格らしく、上司や同僚と揉《も》めては仕事を辞めるというのを繰り返していたんだと」

な、と梶が続きを促すように宮台を見る。

鬱陶しそうに顔を歪めた宮台だったが、やがて鳥の巣頭をかきながら話し始めた。

「短気で手が早いだけではなく、沢野は無類のギャンブル好きだった。しかも小遣いで楽しむような慎ましさも持ち合わせておらず、ほうぼうに借金を重ねていた。まったく、論理よりも感情——ことに自らの欲求が先行する人間の話は聞くに堪えない」

沢野への事情聴取を思い出してしかめっ面になる宮台に苦笑しながら、梶が話を引き継いだ。

「その結果ついに愛想を尽かされ、三か月前に奥さんが娘を連れて実家に帰ってしまった。パチンコから帰ったら、食卓の上に奥さんの名前が書かれた離婚届が置いてあったそうだ」

「あちゃー、梶家の未来を見るみたいっすね」

元口がぺしん、と自分の額を叩き、「うるさいよ」と梶が鼻に皺を寄せる。

「それじゃ沢野は、離婚して自棄《やけ》になった末に飲酒運転を？」

潤の質問に、「それがな」と梶がため息をつく。

「まだ離婚は成立していない。沢野は奥さんに未練たらたらで、いまだ離婚届に判をついていないんだ」

「なんですかそれ」

木乃美はぷくっと頬を膨らませた。よりを戻したければ、せめて自分の行いをあらためればいいのに。

「もっとも、奥さんの気持ちはとっくに切れているみたいだ。金沢八景署が旦那を迎えに来てほしいと連絡したが、もう他人だから関係ないとにべもなかったと聞いた」

あらかじめことの顚末《てんまつ》を聞かされていたらしく、山羽が口をへの字にする。

「当たり前ですよ」

なんて男だ。沢野の妻に肩入れして憤りながらも、木乃美は拍子抜けしていた。家族の問題で自暴自棄になった末の飲酒運転・暴走行為か。話を聞けばたしかに辻褄《つじつま》が合う。逮捕されたがったように見えたのも、警察に連絡させることで妻の気を引きたかっただけなのかもしれない。

「けど、班長は沢野の走りがあの動画と同じだと思ったんですよね」

元口に言われ、山羽は肩をすくめた。

「同じ、とは言っていない。似ている、と思っただけだ。正直、かなり似ている。いまでもそう思っている」

「じゃあ今回の飲酒運転は別として、沢野が動画を撮影したライダーだったという可能性はないんですか」

交通捜査課の二人に質問したのは、鈴木だった。

どちらが答える？　という感じの目配《めくば》せの後で、宮台が口を開く。

「可能性がゼロだとは言わない。だが本人は否定しているし、疑う根拠が走りの印象という漠然としたものだけでは、特別沢野を追及する理由にも材料にもならない」

梶が無念そうに同意した。

「沢野の愛車はヤマハ・セロー250一台のみ。動画の車種とは一致しない。ほかに沢野の名義で車検登録された単車はない。現在の沢野の経済状況を考えると、二台以上の単車を保有しているとも考えにくい」

「沢野が友人知人のバイクを借りて動画を撮影したという可能性は？」

元口の仮説に、山羽が笑いながら突っ込む。

「そんなことを言い出したらキリがない。国民全員が容疑者ってことになる」

「そうか。それもそうですね」

元口はぺろりと舌を出した。

「じゃあ、捜査のほうはまったく進展がないんですか」

若造の直截《ちょくせつ》な物言いに、交通捜査のスペシャリストは気分を害したようだった。不機嫌そうに鈴木を見つめた後で、宮台がそっぽを向いて言う。

「うちの仕事は交機みたいに単純ではない」

失言をかき消そうと梶が慌てて口を挟む。

「せめて動画が撮影されただいたいの日時だけでもわかっていれば、Nシステムや付近の防犯カメラ映像なんかを検証することもできるんだが」

「アップロードした人間は、動画をネットで拾ったって主張してるんでしたっけ。それが事実なら、撮影日時まではわからないか」

元口がしかめっ面になる。

「だったらこれ、何十年ってことはないにしろ、何年も前の映像って可能性もありますよね」

鈴木の意見を「それはない」と即座に却下したのは潤だった。一瞬だけ、鈴木の表情が不快そうに歪む。

「三つの動画のうち、保土ケ谷区を走行する映像……班長が沢野の走りに近いと指摘したもの。あの映像に映り込んでいたロードサイドのコンビニ。あのコンビニがオープンしたのはせいぜい半年ほど前だよ。何年も前には、あの場所にコンビニはなかった」

「ああ。そういやそうだったな。あの店ができたのはわりと最近だ」

元口が膝を打つ。鈴木以外のほかの隊員たちも、そうだそうだと口を揃えた。

「よかった。三つの動画のうち、少なくとも一つはここ半年のうちに撮影された。それがわかっただけでも大きな収穫だ。だよな、宮台」

梶に念を押された宮台は、珍しく興味深そうな顔で潤を見た。

「このA分隊は少なくとも無能の集まりというわけではなさそうだ」

「すごいな、川崎。宮台にここまで言わせるなんて」

梶に褒められ、潤は「たいしたことありません。一、交機なら」と、珍しく勝ち誇ったような顔で鈴木を見る。

鈴木はややむきになったようだ。宮台に食ってかかる。

「川崎さんの指摘はすごいし、この動画がわりと最近に撮影されたものだとわかったのは収穫かもしれないけど、正直、ここまでじゃないですか。動画からえられる情報だけじゃ、これ以上ライダーの素性を絞り込めない。ＩＰを辿ったりして、もうちょっとなんとかならないんですか」

「動画のオリジナルをアップロードしたＳＮＳアカウントは特定した。ただ、先日も話した、東京都足立区在住の会社員をはじめとしたいくつかのアカウントが動画をコピーし、自分が撮影したもののように再アップロードし、動画が拡散され始めたタイミングでアカウントが削除されている。動画をアップロードするためだけに取得された捨てアカウントのようだ」

「だとしてもログは残ってるだろうし、オリジナルの動画をアップロードしたアカウントさえ特定できれば、アクセス記録から個人が特定できるんじゃないですか」

面倒だから後は頼む、という感じに、宮台が梶を見る。

「おれもそう思ってたんだが、最近はそういうわけにもいかないらしい」と梶が首を回した。

「アカウント主はタブレット端末を使用し、横浜駅の近くにあるファストフード店のＷｉ－Ｆｉを経由して動画をアップロードしたようだ。いまタブレット端末は安価なものが身分証なしで簡単に手に入る。アカウント登録の際に使用したメールアドレスも、そのためだけに取得したフリーメールだった」

「新たな動画がアップロードでもされない限り、ネットの情報からオリジナル動画のアップロード主を辿ることはできないってことか」

腕組みをして話を聞いていた山羽が言った。

「言いたいことはわかりました」と元口が仰々しく頷く。

「いまある手がかりだけじゃ犯人の特定は難しい。ただ少なくとも三人の人間が、おれら一交機の管内で無謀な運転をしている。目的はわからないけど、どんだけ無茶するかを競い合うようなゲームなら、またどこかで同じように単車をかっ飛ばす馬鹿が出てくる可能性がある。だから取り締まり――とくに三つの動画が撮影された時間帯と思われる夜間の取り締まりを強化してほしい。そんなところですか」

「言い方がなんかむかつくな」

梶が鼻に皺を寄せ、山羽のほうに顔を向ける。

「でも元口の言う通りです。雲をつかむような話で恐縮なんですが……」

「気にするな。交通取り締まりってのはそもそもそういうものだ。空振りに終わったとしても、違反者が事故を起こすよりよほどいい」

「ありがとうございます」

山羽に頭を下げる梶を、スラックスのポケットに両手を突っ込んだ宮台が他人事のように見ていた。

2

門扉《もんぴ》に向かって敷地の周囲を走っているときから聞こえていた園児たちの歓声は、

潤のCB1300Pが敷地に乗り入れた瞬間にピークに達した。

予想を超える熱烈な歓迎に戸惑い、背後を振り返る。潤の白バイの後ろについているのは、鈴木の白バイと元口の運転するパトカーだ。元口が手を振って歓声に応えているのは、何度も訪れて慣れているだろうし、元口の性格を考えてもとくに意外ではなかったが、鈴木が満面の笑みで声援に応えているのには驚いた。

私もやらないと。

そう思ったが、恥ずかしさを克服できずに軽くハンドルから手を離しただけになってしまう。

もとまち幼稚園の園庭には、園舎の前に五〇人ほどの園児が集まっている。園児たちは拍手したり、興奮のあまり飛び跳ねたりしながら、思い思いに「白バイのお兄さんお姉さん」への歓迎の意を表していた。

潤がブレーキレバーを握って白バイを停車させ、鈴木の白バイと元口のパトカーも、潤の白バイに横並びになる位置で停止した。

市民との交流、そして交通安全の啓蒙《けいもう》を目的とした交通安全教室だった。こういった地域に根ざした活動は所轄署の交通課が担うことが多いのだが、交通機動隊でもたまに行っている。もとまち幼稚園にも年に一度、A分隊から何人かが派遣されていた。

とはいえ、市民との交流イベントに潤が参加するのはめったにないことだった。潤は愛想笑いが得意ではない。子供が嫌いというわけでもないが、子供の相手をするのはどちらかといえば苦手なほうだ。そしてなにより、A分隊には存在するだけで周囲を和ませる希有《けう》な才能を持った、イベントにはうってつけの木乃美という人材がいる。木乃美自身も大好きなようで、イベントとなれば積極的に手を上げていた。そういうわけで、最近では木乃美に押しつけっぱなしになっている役回りだった。今回も当然木乃美がやってくれるだろうと高を括《くく》っていたのに、不運にも交通安全教室と木乃美の週休日と重なってしまったため、潤にお鉢が回ってきたのだ。

園庭での熱烈な歓迎から場所を園舎の中に移し、歓迎の花束贈呈、啓蒙のための交通安全紙芝居と進行する。

紙芝居を読むことになっているのは鈴木だった。最初は潤がやらされそうだったのを、先輩の権限をフル活用して新人に押しつけることに成功したのだった。感情をこめてお話を読むなんて、とてもじゃないができない。新人時代には断り切れずにやったことがあるが、棒読み口調を園児たちから指摘されて顔から火を噴きそうになった。もちろん、わざと棒読みしたわけではない。自分なりに頑張ったつもりだったからこそ、恥ずかしくてたまらなかった。

そういえばあのときの子供たちって、もう卒業しちゃったんだ。私が新人のときの幼稚園の年長さんは、もう小学校四年生か五年生ぐらいか。

白バイ隊員たちを、アニメのキャラクターやスーパーヒーローでも見るようにきらきらとした瞳で見つめていたあの子たちは、元気にしてるのかな。あの子たちにとって、白バイ隊員はいまでもヒーローなのかな。そうだといいな。

あのときとは違う顔の、しかし同じ種類の光を宿したたくさんの視線を浴びながら、がらにもなく感傷的な気分になってしまう。

持参した大きなトートバッグから画用紙を取り出した鈴木が立ち上がり、演台に向かった。

「交通安全紙芝居『やくそくだよ、てをあげて』」

園児たちの期待に満ちた視線を一身に集めながら、鈴木が紙芝居を読み始めた。

「ピーちゃんはおかあさんからおつかいをたのまれました。『ピーちゃん、ピーちゃん。やおやさんでキャベツとニンジンとピーマンをかってきてちょうだいな』ピーちゃんはおかあさんにききました。『おかあさん、キャベツとニンジンとピーマンでなにをつくるの?』――」

おっ、と潤は意表を突かれた。

鈴木のやつ、意外にも紙芝居を読むのが上手い。

「『うん。おつかいにいってくるよ。そのかわり、おつりでおかしもかっていい？』」

潤の感想を裏づけるように、園児たちからわっと笑いが起こる。

私が読んだ紙芝居と同じ内容なのに、私のときはこんなところで笑いなんて起こらなかった気がする。いや、全体を通して、子供たちがこんなに楽しそうな顔をする瞬間はなかった。

鈴木はそれ以後も、数えきれないほど園児たちの爆笑をさらった。腹を抱えて涙を流したり、床に横になって足をジタバタさせたりしながら笑う園児までいた。鈴木の熱演は見事に園児たちの心をつかんだようで、最後に鈴木が「やくそくだよ」と呼びかけると、「てをあげて！」と声を合わせた園児たちの小さな手がいっせいに上がった。潤はその様子を見ながら、なかば呆気にとられた。

紙芝居の後は、質疑応答コーナーに移る。

園児たちからの質問は、交機隊員の仕事内容や白バイ隊員になるために必要な勉強はなにかといった一般的なものから、好きな食べ物や子供のころはどんな遊びが得意だったのか、休みの日の過ごし方や趣味など、プライベートにまで及んだ。

「彼氏はいるんですか」というリキくんという男の子のませた質問に潤がしどろもどろになったときには、「リキくんには好きな女の子、いるの？」と横から鈴木が助けてくれた。リキくんの好きな女の子について園児たちの興味が集中した結果、潤への質問についてはうやむやになった。鈴木は本当に子供の扱いが上手い。

そしてそろそろ質疑応答コーナーはお開きかというころ、ツインテールの女の子が手を上げて言った。

「木乃美ちゃんは来年こそ箱根駅伝のセンドウができそう?」

思いがけず飛び出した同僚の名前に、潤と鈴木は思わず互いの顔を見合わせた。

するとあちこちから「なんで今年は木乃美ちゃん来てないの」とか「木乃美ちゃんは元気にしてるのかな」などといった声が上がり始める。

「あいつ、ゆるキャラの着ぐるみ並みの人気だな」

元口が愉快そうに肩を揺すっている。

ツインテールの女の子が言った。

「木乃美ちゃんは頑張れば夢は叶うって言ったよ。でもこの前のお正月の箱根駅伝を見ても、ぜんぜん映ってなかった」

「そうだね。今年は違ったね」

潤が頷き、女の子は少し悲しそうな顔になる。

「どうしてセンドウになれなかったの?　頑張ってないの?」

「頑張ってるよ。木乃美お姉ちゃんはすごく頑張ってる」

「じゃあ、どうしてセンドウになれないの」

「それは……」潤は虚空を見上げて言葉を探した。

「なれないんじゃない。まだなってないだけ。これからなる」

たぶん、そう遠くない未来に。木乃美の成長を見守ってきた私にはわかる。

質疑応答が終わった後は、園舎を出ての試乗タイムだ。行列になった園児たちを順番に白バイのシートに座らせ、それを幼稚園の先生が撮影する。もちろん潤も園児と一緒にフレームに収まるのだが、上手く笑顔が作れなくてどうしても不自然な表情になってしまう。それでも撮影を繰り返すうちに、次第に不要な力が抜けていく感覚があった。

あのツインテールの女の子の順番がまわってきたのは、行列も残すところあと二人となったタイミングだった。唯一の女性ということもあってか、潤の白バイが一番人気だったようだ。すでにパトカーともう一台の白バイの前に行列はない。元口と鈴木はそれぞれの車両のそばで園児に囲まれている。

「お願いします」

丁寧に頭を下げてくる女の子の両脇を抱え、シートに座らせる。

ハンドルに両手をかけた女の子を見て、潤はあれ、と思った。

「みれい、ちゃん?」左胸の名札には〈さわの　みれい〉とマーカーで記されていた。名札が桜のかたちをしているので〈さくら組〉だろう。年長さんのクラスだ。

「もしかしてバイク、乗ったことある？」

やけに慣れている感じがするし、乗車姿勢もさまになっている。もちろん実際に運転をすることはないだろうが、近しい人にバイク乗りがいて、日ごろからシートに跨がらせてもらっているのではないか。

案の定だった。みれいちゃんはこくりと頷く。

「お父さんがよく乗せてくれた」

「そうなんだ。お父さん、バイクに乗るんだね。どんなバイクに乗ってるの」

まさかここでバイクの話ができるとは思わなかった。思わず声も弾む。

ところが、みれいちゃんはううん、と微妙な反応。さすがに車種まではわからないか。

「お父さん、やさしい？」

その質問には、頷きが返ってきた。

「そっか。お父さんと出かけたりするの」

すると、なぜかみれいちゃんが悲しそうに目を伏せた。思いがけない地雷を踏んでしまったのかもしれない。

慌てて話題を変えた。

「木乃美に、頑張って箱根駅伝の先導になるよう言っておくね」

「うん。あのね、木乃美ちゃんに教えてもらったよ。リーンイン」

そう言って上体をかたむける。リーンインとは車体のかたむき以上に上体を倒しながらコーナーを曲がるライディングテクニックだ。サイドボックスのついた白バイでは、車体をあまりかたむけずに曲がらなければならないので、白バイ隊員必須のテクニックとなっている。

「すごい。さまになってる」

みれいちゃんの表情に明るさが戻ったことに安堵しながら、潤は小さく拍手した。

「本当に？」

「うん」

「やったー！　白バイのお姉さんに褒められた！」

よほど嬉しかったのか、みれいちゃんはバイクをおりてからも「リーンイン！」と叫びながら上体を大きく左右に倒した。気分はすっかり白バイ隊員らしい。真剣にリーンインするあまり、上体をかたむけ過ぎて地面にぱたりと寝転んでしまい、先生に叱られている。

最後に警察車両と一緒に園児全員と集合写真を撮り、交通安全教室は終了した。

園児たちに見送られながら出発し、みなとみらい分駐所に着いた瞬間に緊張の糸が切れた。身体が疲労を思い出したように、全身からどっと力が抜ける。私はこんなに大変な役回りを、いつも木乃美に押しつけていたのか。そう考えると申し訳ない。もっとも、人見知りの潤だから気疲れしているだけで、木乃美にとってはひたすら楽しいだけなのかもしれないが。

「鈴木」ガレージでバイクのスタンドを立て、潤は鈴木に声をかけた。

ヘルメットを脇に抱えた鈴木が、ん？　というふうに首をかしげる。

「あんたさ、子供の扱い上手いんだね」

「意外ですか」

鈴木は自嘲気味の笑みを浮かべた。

「うん。意外」

「川崎先輩は見た目通り、子供が苦手そうでしたね」

ひくっ、と頬が強張《こわば》るのがわかった。だがその通りなのでぐうの音も出ない。

鈴木はふふっと小さく息を吐いた。

「おれ、五人きょうだいの一番上なんです」

「そうなの？」

驚いた。四人もきょうだいがいるなんて。一人っ子の潤には想像もつかない。

「一番下とは十五も離れてるから、小さい子の扱いには慣れてるんです。母親は働きに出てて留守がちだったから、メシ作ったりとか、全部おれがやってました」

母親が働きに出てて留守がちだった——父親がいない家庭ということだろうか。

それ以上詮索するのもはばかられて「そうなんだ」と気のない反応をしてしまい、会話が途絶えた。

ガレージの出口へと歩きながら。鈴木がぽつりと呟く。

「両親が別居してるみたいですよ」

「え？」

なんのことを言っているのか。立ち止まって眉根を寄せる潤に、鈴木は告げた。

「みれいちゃんです。本田先輩が箱根で先導できるのかって質問してきた」

「ああ」あの子か。くりくりとした黒目がちな瞳をした、ツインテールの女の子。

「試乗のとき、川崎先輩、あの子にお父さんの話を振ったでしょう」

「バイクの乗り方があまりにさまになってたから、乗り慣れてるなと思ったんだ。だからよく乗ってるのかって訊いたら、お父さんがよく乗せてくれた……って」

嬉しくなっていろいろと質問していたら、なぜか微妙な空気になったのだった。

「会話はだいたい聞こえてました。あの子、いまは大好きなお父さんと離ればなれになっているらしいんです。バイクのシートに跨がったりしたから、お父さんのことを思い出しちゃったんじゃないですかね」

「そうだったんだ……」

あの不可解な態度の背景には、そういった家庭事情があったのか。知らなかったとはいえ、無神経な質問をしてしまった。申し訳ない。

それにしても――。

「なんで鈴木がそんなこと知ってるの」

「先生に聞きました。実はおれもあの子から同じように悲しそうな顔をされて、おかしいなと思ったんです。なにか変なこと言ったかなと考えてみたけど、心当たりがない。だからもしかしたら家庭で虐待に遭っていたり、幼稚園の友達にいじめられたりしていないかと心配になって」

「それで、わざわざ先生に？」

「お節介だとは思ったんですけど、取り越し苦労に終わるならそれに越したことはないじゃないですか」

あきれられたと思ったのか、鈴木は恥ずかしそうにしているが、そうではない。潤はただ驚いていた。そして感心していた。潤だって同じ子の同じような不審な挙動を目の当たりにしたのに、虐待やいじめの可能性なんて考えもしなかった。

自信過剰で他人を見下したところのあるいけすかない男だとばかり思っていたが、鈴木のことを根本的に誤解していたのかもしれない。

潤の表情をどう解釈したのか、鈴木が慌てたように沈黙を埋める。

「長男気質なんですかね。ちっちゃい子が寂しそうにしてると、どうしても首突っ込んじゃうんですよ。大人はいいですよ。馬鹿やって自分の首絞めようが、それで怪我しようが命落とそうが、自己責任で勝手にやればいい。でも子供はそうはいかないじゃないですか。大人の身勝手で子供が不幸になるなんて理不尽だし許せない。おれ、そう思うんです。もちろんわかってます。おれなんかがなにかしたところで世の中の子供全員救えるわけじゃないし、そもそも赤の他人の子供をどうこうする権利もない。馬鹿だなって自分で思うんですけど——」

「馬鹿じゃないよ」

強い口調で断言すると、鈴木がびくっとした。なにが起こったのか理解できないという顔で、潤を見つめる。その顔を見て、はっと我に返った。

なにか言おうとするが、言葉が出てこない。鈴木は鈴木で、戸惑った表情で潤を見つめている。言葉を発する気配はない。

そのとき、何者かから肩に手を置かれ、飛び上がりそうになった。

「許してやってくれよ」

元口だった。パトカーを止めて追いかけてきたようだ。

それにしても、なにを許せというのだろう。

「たしかにこいつもクソ生意気だけど、根は悪いやつじゃないと思うんだ。まだ一交機に来たばっかで肩に力が入りすぎている部分もあるだろうし、長い目で見てやろうや」

　そこまで言うと、元口は鈴木のほうを向いた。

「おまえもおまえだぞ。先輩に向かって馬鹿とはなんだ」

　ようやく理解した。潤の「馬鹿じゃないよ」という発言と、その後の二人の見つめ合っている様子から、潤と鈴木が喧嘩《けんか》していると勘違いしたようだ。

「違うんです、元口さん」

「違う？」

　元口がこちらを振り返り、なにが違うのかという感じに首をひねる。

「いくらなんでも先輩に馬鹿とか言わないですよ」

　鈴木はうんざりとした様子だ。

「違うのか。おれはまた、おまえらが……」

　二人の後輩の間で視線を往復させる元口に、潤は説明した。

「あの子の話をしていたんです。みれいちゃん」

「みれい、ちゃん？」

　記憶を辿るような間があった。

「あの子ですよ。質問タイムのときに本田先輩のことを訊いた」

鈴木はやや焦《じ》れたような調子だった。

「ああ。あの子か」思い出したようだ。「あの子がどうした」

潤と鈴木は元口に話した。父親の話題になると、みれいちゃんの表情が曇ったこと。みれいちゃんの両親が別居中であること。

その情報を引き出したのが鈴木であることを知って意外そうな顔をしながら話を聞き終えると、元口は「あれ?」と眉間に皺を寄せた。

「サワノ……っていうのか? あの女の子の苗字《みょうじ》は」

「そうです。サワノです。サワノミレイちゃん」

鈴木が言い、潤も頷く。しっかり名札を見たから間違いない。〈さくら組〉のさわのみれいちゃん。

「サワノ……両親が別居……って、もしかしてあのサワノの娘とかじゃないよな?」

まさかな、と笑う元口に、「あのサワノって、どのサワノですか」と鈴木が訊き返す。

「あのサワノだよ。この前、本田と班長が大捕物《おおとりもの》の末にとっ捕まえた、酒酔い――」

話を聞き終える前に、潤は「あっ!」と声を上げていた。

3

はあっ、と淡いため息をついて窓の外を見やる。

夜の帳《とばり》がおりた港町の歩道には、仕事帰りと思《おぼ》しきスーツ姿が増えてきた。もうそんな時間か。店に入ったのは、ランチタイム終了直前というタイミングだったはずなのに。いったい何時間、このファミリーレストランに居座っているのだろう。

「おまえ、なんべんため息つくとな」

苛立《いらだ》った声に視線を引き戻される。木乃美の正面には、頭髪の薄い太った男の姿があった。

県警本部捜査一課の坂巻透《さかまきとおる》。幹部職と紹介されてもほとんどの人間が疑いそうにない貫禄《かんろく》たっぷりの風貌《ふうぼう》だが、こう見えて木乃美の同期だ。木乃美が高卒入庁で坂巻が大卒だから、年齢も四つしか違わない。その見た目から、同期の間で付けられた渾名《あだな》は「部長」。かたくなに九州訛《なま》りを直そうとしないのは、郷土愛以上に聞き込み相手を油断させる目的もあるらしいが、本当だろうか。実際に刑事としてもかなり優秀だと聞くから、見た目通りの狸《たぬき》という部分もあるのかもしれない。

「だってさ。もとまち幼稚園に行く機会は、年に一度しかないんだよ」

行きたかったなあ、と、頬杖《ほおづえ》をつきながら、またため息を漏らしてしまう。

「またその話か。いまさらそんなこと言うたってしょうがないやろう。だいたい、おまえが楽しみにしてるのと同じように、交通安全教室に行きたいと思っとる同僚もほかにおるとやないか？　ほかのやつにも楽しみを譲ってやらないと――」

遮って言った。

「いないよ！　私ほど楽しみにしてる隊員は！　そもそも潤なんか、子供苦手なんだから。だからいつも私が率先して手を上げてたの！　週休日なら変更しますし、なんなら休みを返上してもかまいませんって言ったのに！」

「それなのにあえて川崎を指名したのは、山羽巡査長にもなにか考えがあってのことやないか」

「わかってるよ」

「なんでおれにキレるとな。ちょっとトイレ行ってくるわ」

理不尽に苛立ちをぶつけられた坂巻が、ややむすっとしながら立ち上がる。

んー、と鼻から息を吐いて答えた。

「ついでになにか飲み物取ってくるか」

んー。

「んー、じゃわからんやろうが、なにがいるとな」

「野菜ジュース」

「最初からはっきり言わんか。ガキじゃあるまいし、ふてくされよって」

不満げに鼻を鳴らし、坂巻が席を離れる。木乃美は仏頂面でふたたび窓の外を見た。

山羽が交通安全教室への派遣要員として、あえて潤を指名した狙いはわかっている。鈴木との関係改善だ。潤は鈴木のことを毛嫌いして遠ざけがちだから、互いをよく知る機会を作ってやろうということなのだろう。強制的に一緒に過ごす機会を作ってやれば、会話せざるをえなくなる。子供相手の交通安全教室ともなれば、ずっと不機嫌でいるわけにもいかない。

それはじゅうぶんわかっている。潤と鈴木が打ち解けてくれれば、木乃美としても嬉しい。

でもだからといって、楽しみにしていた年に一度の機会をこころよく譲ってあげられるほど大人でもなかった。もとまち幼稚園で園児たちと触れ合いたかった。せめて山羽の狙い通り、少しでも二人の距離が縮まるといいけど。まさか喧嘩して溝が深まったりはしていないだろうか。あの二人のことだ。ありえなくはない。

それにしても——木乃美はふふっと微笑む。

鈴木はまるで昔の潤だ。山羽との会話でそのことに気づかされてからは、そう思えてしょうがない。

つねに他人と自分を比べて、誰にも負けちゃいけないと自身を叱咤して、鼓舞して、見えないなにかとずっと戦っている。だけど実は寂しがり屋で、心の奥底では誰かとつながりたがっている。自分を知ってほしくて、相手のことも知りたがっている。やっぱり潤じゃないいか。

「なにを一人で笑っとるとか。気持ち悪い」

坂巻が戻ってきた。テーブルにドリンクバーから持ってきたグラスを置く。

「は、早いね」

「早メシ早グソ芸のうちて言うやろうが。刑事たるもの常在戦場の心もちでおらないかんけんな。本当は、こんなところでおまえに付き合っとる暇なんかないとぞ」

「部長だって今日は休みでしょう」

「休みというても、おれはおまえみたいに昼過ぎまでゴロゴロしとるわけじゃない。忙しいとたい。今日だってアゲハちゃんとデートの予定だったのをキャンセルしてだな」

「どうせキャバクラの同伴出勤とかでしょう。アゲハなんて、源氏名《げんじな》丸出しの名前じゃん」

同期に冷たい眼差《まなざ》しを注ぎつつ、ストローでドリンクを吸い上げた瞬間、驚いてストローから口を離した。

「なにこれ！」

坂巻が愉快そうに腹を抱えている。

野菜ジュースを頼んだはずなのに、口の中がしゅわしゅわした。よく見れば液体の色も毒々しい。

「透ちゃん特製ミックスドリンクたい」

「なに入ってんの」

「野菜ジュースとコーラとジンジャーエールとコーヒー」

「コーヒー？」

頭おかしいんじゃないか、この男。

だが坂巻は、ただ木乃美を驚かせようとしたわけでもないらしい。

「意外とイケるやろ？　何度も失敗を繰り返して辿り着いた、絶妙の配合やけんな」と胸を張る。

この口ぶりだと、普段から自分でも飲んでいるということだろうか。

「イケないよ」

「イケるって。野菜ジュースだと思って飲んだからびっくりしただけで、まったく別の飲み物だと思って飲めばいいとたい」

「無理だよ」

「いいから。もういっぺん飲んでみろ」

「嫌だ」

「いいから」

あまりにしつこく勧めてくるので、渋々ストローに口をつけた。液体を吸い上げてみる。

「あれ……?」

「どうな」

「美味《おい》しい」

「やろう」

坂巻は満足そうに頷いた。

「最初におまえが不味《まず》いと感じたのは、純粋な味にたいする評価じゃない。期待を裏切られたことにたいする落胆が、不味いという評価につながっただけたい。その後、そういうものだと理解した上で飲んだときの評価が、味にたいする本当の評価ってことだ。な? 人間の感覚なんてあてにならんものやろう。おれの話、けっこう深イイと思わんか」

「うざい。部長、キャバクラに通いすぎて説教癖がついたの」

「それはそうと、スピード違反の男のことやけど」

「すごいね。小道路旋回並みの話題転換」

「いいやろうが。細かいことを気にするな。さっき話しとったやろうが。酒酔い運転で一三〇キロもスピード出した男の話」

沢野のことだ。さっき、といってもその話をしていたのは一時間以上前だったが。

「そいつ、マークしたほうがいいんじゃないか。おれはバイクに乗らんからようわからんが、山羽巡査長があの速度違反の動画の走りに似とるって言うたとやろう?」

管轄内で好き放題やられて面目《めんぼく》丸つぶれということか、あの動画の話題は刑事部にまで届いていた。木乃美が説明する前から、坂巻もその存在を把握していた。

「マークって言っても、確たる根拠があるわけじゃないし」

「そうは言うても、夜中の三時に交通捜査課を呼び出せて言うぐらいやから、山羽巡査長としては、それなりに確信があったとやろうし」

「そう……」かもしれないけど。

「あの人がそこまでしたとやったら、まったくの外れということはまずないと、思うとやけどな」

これまで何度かの捜査一課と交通機動隊の共同捜査を経て、坂巻は山羽を深く信頼しているようだ。

「班長だって間違うことはあるんじゃない？」

「わかっとる。人間やしな。一〇〇パーセントはありえん」

「それに、かりに彼が動画のライダーだとしても、これ以上追及のしようがないよ。証拠がない」

公共の場なので沢野という固有名詞は出さずに「酒酔い運転の男」とか「彼」という表現を使って話していた。

「だけんマークするとやろうが。殺人犯は現場に戻るていうし」

「彼は殺人犯じゃない」

「万引き犯はなかなか万引きをやめられん」

「万引き犯でもない」

「法を犯す人間の心理なんて似たようなものたい。人殺しでも、万引きでも、スピード違反でもな。それぞれにハードルの高さや、捕まったときの処罰の重さは違うかもしれんが、その瞬間に自分の利益しか考えとらんという点は一緒やっか」

「一緒……かなあ？」

速度違反を殺人や万引きと一緒くたにするのは、さすがに暴論だと思うが。

だが坂巻に自説を曲げる気はないらしい。

「一緒たい。一緒。どうせまたやらかすぞ」

「そう言うけど、彼はこの前の速度違反で免許取り消しになってる」

「免許がないと捕まったときにまずい、っていうだけの話やろうが。免許を取り消されたからって、運転の仕方を忘れるわけでも、お上にバイクを没収されるわけでもない」

「でも班長は、動画のライダーたちは走りを楽しんでないって言ってた」

しかも免許取り消しだ。少しは懲りたんじゃないか。

「走りを楽しんどるわけじゃなくて、法を破る行為を楽しんどるんじゃないか」

「屁理屈《へりくつ》じゃん」

「ああ。そうたい」と開き直ることにしたらしい。「犯罪者の思考なんて理解しようとするだけ無駄たい。だいたい、楽しんでない人間がなんで速度違反の動画をネットにアップするとな」

「そんなこと、私に言われてもわかんないよ」

木乃美が唇をすぼめると、「そういうことたい」と坂巻が指差してきた。

「他人の頭の中なんてわからんものたい。犯罪者ならなおのこと理解できん。理解しようとするのがそもそも時間の無駄だ。なんで運転を楽しんでもおらん人間が速度違反の動画を撮影してネットにアップするとか、なんであの女は前々からしとった約束を当日の朝になってキャンセルするとか」

なんかいま、さりげなくカミングアウトしなかった？

「部長。アゲハちゃんとのデート、キャンセルしたんじゃなくて、向こうからキャンセルされたの」

散々恩着せがましいことを言っておきながら、自分だって暇だったんじゃないか。

「いいや、違う。おれがキャンセルしたったたい」

木乃美に主張するというより、自らにそう言い聞かせようとするような話し方に思え、急に憐《あわ》れになってきた。

「でもいまさっき、あの女が約束を当日の朝になってキャンセルした、って」

「それはたとえばの話たい。たとえば。一般論を言うとる」

女性がデートをドタキャンするのが一般論だと考えているのなら、それはそれでかわいそうな人生だと思うが。

木乃美はおもむろに立ち上がり、テーブルの隅にあるアクリル製の筒から、伝票を抜き取った。

「よし。部長。場所変えよう」

「どこに」

坂巻が不審そうに顎を引く。

「決まってるじゃん。居酒屋。飲みながら話そう」

木乃美は見えないジョッキをかたむけ、ビールを喉に流し込む動きをした。

4

遠くの暗闇に浮かび上がっていた赤い光が、近づいてきた。

パトカーの昇降式赤色灯だ。遠くからの視認性を高めるために、いまはパンタグラフをのばし、高い位置からドライバーにその存在を知らせている。

横浜市泉区《いずみ》。住宅街を東西に走る片側二車線の道路は、上り側の二車線が通行止めになっている。対向車線側の二本を上下一本ずつとして代替運用しているようだ。

「そのあたりで」

「はいよ」

梶政和は宮台の指示に従い、現場の一〇メートルほど手前の歩道に半分乗り上げるかたちで覆面パトカーを止めた。

「さてと、行きますか」梶は言った。

眠気を振り払おうとするかのように自分の頰を両手で張り、宮台も車をおりる。

赤い光をまき散らすパトカーが二台。手前の一台は、上りの二車線を通せんぼするように斜めに駐車している。その奥には交通鑑識車。そして三台の警察車両の隙間から見える白い車体が、事故車両だろうか。

宮台は交通誘導を担当する制服警官に歩み寄った。二十五歳前後の若い警官だ。交通捜査課のホームズを知っているのか、宮台を見るなり緊張と憧憬《しょうけい》を湛《たた》えた表情になった。

「被害者は」

若い警官は指先まで力のこもったお手本のような敬礼を見せ、硬い声で答える。

「は。たったいま、救急搬送されていきました」

「亡くなってはいない？」

「はい。内臓破裂で危険な状態だったそうですが」

ふむ、という顔をする宮台の横から、梶が訊いた。

「加害者が通報したんですよね」

「そうです。いま私の上司の秋山《あきやま》が話を聞いています」

ええと、ときょろきょろ視線を動かした若い警官が、奥のほうの歩道を示した。

「あそこに」

五十歳ぐらいの制服警官が、スーツ姿の三十歳ぐらいの男と話をしている。制服警官が秋山、スーツの男が交通事故の加害者だろう。角度的にスーツの男の表情は見えないが、遠目にも憔悴《しょうすい》しているのがわかった。

若い制服警官に礼を言い、事情聴取中らしき加害者に近づく。しきりに開いた手帳にペンを滑らせていた秋山が動きを止め、加害者に少し待つようにと手で示して、こちらにやってきた。

「脇見ですわ。スマホで恋人とメールのやりとりをしていて、前を見てなかったそうです。そしたらなにかに乗り上げた感覚があって、人が倒れていた……と。加害者も非を認めていますし、事故原因は明らかです。ご足労いただいて申し訳ありませんでした」

交通捜査課の手を借りる必要はないと言いたいようだ。

だが宮台はかまわず車道のほうに顔を向けた。

「事故車両は右車線を走っていた？」

「ええ……」

だったらなんだ。面倒な手続きを増やすな。秋山はそう言いたげだった。

事故車両らしき白いセダンは、現在は左車線の路肩に寄せて止まっている。

なぜ右車線を走っていたとわかったんだろう。

梶は宮台の視線を追って道路に目を凝らした。思わず声を出しそうになり、口もとを手で覆う。

投光器に照らされた路上に広がる黒い染みは、おそらく被害者の血液だ。右車線を中心に広がっている。

「右車線で衝突した……被害者は道路を横断しようとしていたのだろうか」

「おそらくそうでしょう。所持品によれば、被害者の住所はこの近所のアパートです」

「住所は」

「へっ……？」

「近所、というのはあなたの主観に過ぎない。曖昧な情報は不要だ。思考のノイズになる。正確な住所を」

秋山はむっとした様子で手帳を開き、宮台に差し出した。必要な情報はここに書いてあるということだろう。ちらりとそれを一瞥《いちべつ》した宮台が、梶を顎でしゃくる。

梶は手帳を覗き込んだ。免許証から転記したと思しき被害者の住所、氏名、生年月日が記されている。仲村和樹《なかむらかずき》。平成六年生まれの二十五歳。

「その住所は、ここからどれぐらい離れている」

当然のような口ぶりで質問され、梶は嬉しくなった。やっと自分も力になれる。

宮台が眉間に軽く皺を寄せた。

「どうした。元交機なら地理は得意だろう。それともおれの買いかぶりか」

梶は慌てて表情を引き締める。

「およそ三分といったところか。かなり近い」

梶は住宅街の路地を指差した。あそこを入っていけば、被害者のアパートに着くはずだ。

宮台が鳥の巣頭をかきむしる。

「三分。二十五歳男性がこの時間にこの道路を横断する必然性……」

時刻は午前四時になろうとしていた。宿直室で眠りについていたところを、事故発生の一報で叩き起こされたのだ。普通の生活をしている人間なら、そうそう出歩かないような時間だ。

梶は頭の中にこのあたりの地図を浮かべ、言った。

「なくもない。一つ先の交差点を曲がればコンビニ、もうちょっと先にはビデオレンタル店とボウリング場がある。いまの時間だとレンタル店は閉まっているだろうが、ボウリング場はカラオケやバッティングセンターなんかも一緒になっていて、朝まで営業していたんじゃないかな」

「おまえは優秀な運転手だと思っていたが、優秀なコンシェルジュの素質もありそうだな」

皮肉っぽい言い方だが、それが宮台なりの賛辞であることも、梶にはわかっている。

「スマホは」

宮台が道路を見ながら言ったので、自分に質問されたとは思っていないらしい。秋山はふてくされたように唇を曲げている。

「スマホだ。持っていたのか」

今度はやや尖《とが》った口調で訊ねられ、驚いて両肩を跳ね上げた。

「いや……」

秋山がぶるぶると顔を横に振る。被害者はスマートフォンを所持していなかったようだ。

「それならばボウリング場に向かっていた可能性は薄いか。この時間に一人で遊技場に行くとは考えづらいし、現地で友人と合流するつもりなら、スマホを自宅に置いて出かけない」

宮台が難しい顔で言った。

「ならコンビニか」

梶の意見にも、慎重な姿勢を崩さない。

「被害者がどういった仕事をしていて、どういう生活サイクルで動いていたのかわからないから、まだなんとも言えない」

次に宮台は事故車両のほうに移動した。

下のほうが大きく変形したフロントバンパーが、衝突による衝撃の大きさを物語っている。

しゃがみ込んでフロントバンパーをじっくりと検分していた宮台が、やがて立ち上がった。近くで地面に這《は》いつくばるようにしながら作業していた交通鑑識課員に声をかける。

「田中《たなか》さん。事故車両以外の遺留品は？　塗膜片《とまくへん》とか、金属片とか」

田中と呼びかけられた壮年の男が立ち上がり、「おう」と手を上げながら笑顔で歩み寄ってくる。交通鑑識課でも最古参のベテラン鑑識員・田中だった。

交通鑑識課とは一緒に臨場する機会も多いので、宮台と田中は勝手知ったる仲だ。

「ないよ。宮ちゃんもやっぱりそう思ったか」

「思った。この現場は不自然だ」

「おれもおかしいなと思ったから、かなり念入りに調べてみた。だが、遺留品は見つからなかった」

「ブレーキ痕やスキッド痕も？」

スキッド痕とはタイヤが横滑りした際に地面に残る痕のことだ。

「ない。もしかしたら急な病変とかかもしれないが」

「被害者には持病があったのか」

「知るかよ。おれが見るのは地面だけだ。ガイシャの事情を調べるのはてめえの仕事だろうが」

田中が肩を持ち上げて笑った。

「宮台。事故車両以外の遺留品とか被害者の持病とか、どういうことなんだ？」

梶は訊いた。宮台と田中の会話の意味を必死に考えていたが、まったく見当がつかない。

「このバンパーだ」

宮台は軽くしゃがみ込み、フロントバンパーの変形した部分を指差した。「被害者はここに衝突したと思われる」

梶は頷いた。誰が見ても明白だ。

「事故車両は右車線で被害者を轢過《れきか》していることから、被害者は車道を横断しようとしていたと考えられる。加害者はスマホに気を取られたため、衝突の瞬間まで被害者の存在に気づいていなかった。走行中の車両が歩行者と接触する場合、歩行者に接触するのは、四輪車のどの部分だ？」

「だから、ここだろう」

フロントバンパーを指差したが、宮台は肯定も否定もしない。含みのある視線で梶を見つめている。それでいいのか？　その答えが正解だと、おまえは本当に思っているのか？　そう問いたげな表情だった。

梶はあらためてフロントバンパーを観察した。歩いて車道を横断する。そこに前方不注意の車が突っ込んでくる。自分が被害者の立場になり、頭の中で事故を再現してみる。歩いているだろ？　ぶつかるだろ？

……あれ？

違和感に気づき、はっと顔を上げた。

「おまえに失望せずに済んだよ」と、宮台が唇の片端だけを持ち上げる。

「このバンパーは下のほうしか変形していない。真っ直ぐに衝突したら全体に同じ大きさの力が加わるから、全体的に変形するはずだ。下のほうしか変形していないってことは、フロントバンパーの下のほうにしか力が加わっていない」

そうだ。その通りだ。立っている状態の成人男性と衝突して、バンパーの下部しか変形しないというのはおかしい。

ということは――。

「被害者は最初から倒れていた……ってことか」

被害者の持病について話していたのは、横断中の被害者になんらかの発作が起こって倒れたという可能性、事故車両以外の遺留品は、被害者がすでに別の車両に撥《は》ねられていた可能性を検討していたようだ。もしも後者だった場合、ひき逃げということになり、交通捜査課の出番になる。

しかし田中によれば、現場付近から事故車両以外のものと思われる塗膜片や金属片などの遺留品は発見されていない。

「事故車両以外の遺留品が発見されなかったということは、病変かもしれない」

宮台はベテランの鑑識課員にかなりの信頼を置いているようだ。「被害者が一命を取り留めれば、直接事情を聞くことができるから話も早いんだが」

「どうかな。地面しか見てないおれでも、あのガイシャがやばいのはわかったぜ」

田中の言葉通り、ほどなく搬送先の病院で被害者の死亡が確認されたという連絡が入った。報《しら》せを聞いた加害者男性は、自らも死刑宣告を受けたような表情をしていた。あのときスマートフォンをいじったりしなければ。ほんの数秒の油断で、今後の人生に重い十字架を背負い続ける結果を招いたのだ。尊い生命が奪われたいまとなっては、浅慮を後悔しても遅い。

「またお話をうかがう必要が出てくるかもしれません。そのときはご協力をお願いします」

梶が頭を下げても、加害者男性は魂が抜けたような表情で軽く顎を上下させただけだった。

「これからどうする」

覆面パトカーに戻りながら、梶は宮台に訊いた。

「まずは被害者の搬送先の病院に行って医師から話を聞く。事故直前になんらかの病変がなかったのか、被害者に既往症はなかったのかを調べる。遺体の損傷の具合も見たい」

「わかった」

道路にたいして斜めに駐車し、バリケード代わりになっているパトカーの横を抜ける。

そのとき、ふいに梶は足を止めた。

「宮台。ちょっと待ってくれ」

数歩進んでから、宮台が振り返る。

制服警官が窓を開けたパトカーの車内に上半身を突っ込んでいる。梶たちが現着したときに対応してくれた、若い警官だ。無線で交信しているらしいが、その後ろ姿からただならぬ緊張が伝わってきた。

二人はパトカーに歩み寄った。

制服警官の交信が終わるのを待って声をかける。

「なにかあったんですか」

ああ、と制服警官が戸惑ったように視線をさまよわせた。

「この近くのコンビニの駐車場で、なにかに衝突したような形跡のあるバイクが発見されたそうなんです」

梶と宮台は互いの顔を見合った。

5

木乃美がみなとみらい分駐所に出勤すると、事務所にはなぜか梶と宮台がいた。山羽となにやら話し込んでいる。

「おはようございます」

やけに深刻そうな雰囲気なので邪魔しないように、かといって無視するのも失礼だし、という感じの遠慮がちな挨拶をして脇を通り過ぎようとしたら、山羽に呼び止められた。

「本田」

「はい……？」

手招きされ、おそるおそる歩み寄る。私、なにか怒られるようなことしたっけ？

「酒酔い運転で免許取り消しになった沢野、覚えてるか」

「はい」

あんな不可解な違反者を忘れるはずがない。「あの人がどうかしたんですか」

「交通捜査課で行方《ゆくえ》を追っているそうだ」

「えっ……じゃあ」

やはり速度違反動画のライダーは沢野？

宮台が言う。

「今日未明、泉区で歩行者と乗用車の接触事故が発生した。歩行者は内臓破裂の状態で、搬送先の病院で死亡。乗用車のドライバーによれば、運転しながらスマホをいじっていて、歩行者に気づかなかったそうだ」

木乃美は思わず眉をひそめた。これぐらいなら大丈夫、ちょっとだけ、という軽い気持ちが、取り返しのつかない大事故につながる。そうやって人生を狂わされた例をいくつも見てきた。

事故を未然に防ぐために仕事をしているというのに。苛立ちと悔しさと無力感がないまぜになったような、複雑な心境になる。

だが、ふと思う。

「いまの話の、どこに沢野さんが関係しているんですか」

山羽は交通捜査課が沢野の行方を追っていると言った。だとすれば加害者側が沢野と考えるのが自然だが、スマホをいじったことによる脇見運転が原因だとはっきりしているのなら、すでに警察は加害者から事情聴取したことになる。ということは、沢野は加害者ではない？　そもそも沢野は免許取り消し中なので、自動車の運転はできないはずだ。

「いま宮台が話したのは、当初の見立てだ」

梶が眉間に皺を寄せる。

当初の。いまは違うということか。

梶と宮台は現場の状況について話した。事故車両であるセダンのフロントバンパーは下のほうだけしか変形しておらず、被害者は衝突前から地面に横たわっていたと考えられること。被害者に突然昏倒《こんとう》するような既往症はなく、飲酒もしていなかったこと。被害者の身につけていた衣類から、事故車両とは異なる車両のものと思われる塗料やタイヤ痕《こん》が検出されたこと。現場に近いコンビニエンスストアの駐車場にフロントフェンダーの破損したバイクが乗り捨てられており、塗装の剝《は》がれ具合やタイヤ痕が、被害者の衣類から検出されたものと一致したこと。総合的に考えて、被害者はセダンと衝突する前に、バイクにひき逃げされた可能性が高いということ。

「ナンバー照会をしたところ、そのバイクの持ち主として登録されていたのが、沢野克彦だった」

宮台の言葉に「本当っすか?」と反応したのは、途中で出勤してきて話を聞いていた元口だった。

「なんだ、元口。やけに食いつくな」

梶が意外そうな顔をする。

「だって、沢野って……」

元口はそう言って、潤を見る。ちょうど出勤してきたばかりでデスクにつこうとしていた潤が、不思議そうに首をかしげた。

「なんですか」

「沢野克彦に、ひき逃げの容疑がかかっているらしいぞ」

驚きのあまり言葉が出ない様子だ。潤は大きく目を見開いたまま固まっている。

「交通捜査課で行方を追っているってことは」

木乃美は宮台に確認した。

「沢野は自宅アパートに帰っていない」

「ひき逃げしてバイクを放置して逃げたってことですか。沢野は免許取り消しになったばっかですよ」

信じられないという感じの、元口の口調だった。

「だから逃げたんじゃないか」

梶が鼻息を荒くする。

「とにかく、本当に沢野がひき逃げ犯だとすれば、かなり悪質だ。なにしろ免許取り消しからまだ一週間も経《た》っていない。そこでうちとしても、交通捜査課に協力しようと思う。本田、日中は交通捜査課の捜査に協力してやってくれ」

山羽に指名され、木乃美は自分を指差した。

「私が、ですか」

「ああ。おまえは沢野の顔を見ている。もしも捜査中に沢野を見かけたら、すぐにそれとわかるだろう」

そういうことなら、少しは力になれそうだ。

「わかりました」

「おれも」思いがけない方向から声が上がり、事務所にいた全員が振り向いた。

鈴木だった。選手宣誓でもするように真っ直ぐに手を上げた鈴木が、訴えかけるような眼差しで山羽を見つめている。

「おれも捜査に協力したいです」

元口が眉をひそめる。

「おまえ、沢野の顔を知らないじゃゃん」

「直接会ったことはなくても、写真はありますよね。それでじゅうぶんじゃないですか」

「いや。でもな――」

諭すような口調の元口を遮って言う。

「自分なら本田先輩よりよほど役に立つと思います」

さすがにここまで言われると、木乃美の頬も引きつる。

潤がむっとしながら口を開いた。

「あんたに木乃美のなにがわかる。前々から思ってたけど、木乃美のことを侮《あなど》りすぎじゃないか」

「言い方がまずかったのなら謝ります。でもおれだって、本田先輩に負けないぐらい貢献できると思います」

「その自信はどっから来るんだ」

「逆に本田先輩への異常な高評価はどこから来るのか、教えてほしいです」

「はあ？　なに言ってんだ。私は木乃美がA分隊に来たときからずっと見てんだ」

「下手に親しくなって情が移ったことで、客観的な評価が下《くだ》せなくなるということも、あるんじゃないですか」

「なにを……」

顔を真っ赤にした潤は、いまにも鈴木に殴りかかりそうだ。元口が「まあまあ」と肩を叩くのも、なだめているというより、押さえつけているように見える。

そのとき、山羽が言った。「わかった。いいだろう」

潤が弾かれたように山羽に顔を向ける。こんなやつの要求を呑むんですか。吊《つ》り上がったまなじりがそう訴えていた。

だが決定は覆らない。

「ただしスタンドプレーは許さない。必ず本田と行動をともにすること。その条件が守れるなら、捜査への参加を許可しよう」

今度は鈴木が不服そうな顔をした。それでも、これ以上の譲歩は勝ち取れないと判断したのか、唇を歪めたまま顎を引く。

「わかりました」

「そういうことだ。本田、よろしく頼む」

「はあ……」

頬に刺さる鈴木の視線を感じながら、これは先が思いやられるなと、木乃美は内心でため息をついた。

3rd GEAR

1

沢野の妻・律子《りつこ》の実家である君島《きみじま》家は、横浜市旭《あさひ》区にあった。

梶の運転する覆面パトカーと二台の白バイは、住宅街に接する広大な自然公園の駐車場に止め、徒歩で君島家まで移動することにした。

「っていうか、私たちまで同行する必要なかったんじゃ……」

木乃美は自分を抱くようにしながら、二の腕をさする。

鈴木が鋭く振り返った。

「なに言ってるんですか。おれたちは交機を代表して交通捜査課の捜査に派遣されているんです。半端な気持ちで臨まれたら困ります」

「でも梶さんはいいって言ってたし」

手を借りたいときには連絡するから、それまで交機の通常業務に従事していてかまわないと言われたのだ。

　はあっ、と聞こえよがしなため息を浴びせられた。

「言葉を言葉通りに受け取ってどうするんですか。梶さんは遠慮しているんです。そんなこともわからないで、よく交機隊員が務まりますね」

「そんなこと――」

　ないですよね。前を歩く梶に救いを求めようとしたが、返ってきたのは意地悪そうに口角を持ち上げた含み笑いだった。駄目だ。この人、おもしろがってる。

　すれ違う通行人の視線が痛い。梶と宮台はスーツだが、木乃美と鈴木は水色の交通乗車服姿だった。嫌でも周囲の目を引く。白バイに乗務しているときには誇らしくすらある制服なのに、徒歩だと裸で屋外に放り出されたような、いたたまれない気持ちになるのはなぜだろう。

　五分ほど歩いて君島家に到着した。このあたりだと、最寄り駅は相鉄《そうてつ》いずみ野《の》線南万騎《みなみまき》が原《はら》駅になるだろうか。新興住宅地らしく整然と区画された街の一角に建つ、こぢんまりとした清潔な印象の木造二階建て。小さいながらも屋根付きのガレージがあり、水色の軽バンが駐車してあった。

　宮台の人差し指がインターフォンの呼び出しボタンに触れる前に、玄関の扉が開いた。頭頂部の薄い、痩せた白髪《しらが》の男性が出てくる。男性は驚いたように目を瞬《しばた》かせた後で、もともとあった眉間の皺を深くして警官たちを睨んだ。

「あの男のことで来たのか」

「君島さんでいらっしゃいますか。神奈川県警から来ました、交通捜査課の梶といいます」

「同じく宮台」

二人が提示した警察手帳を見ようともせず、白髪の男はふんと不愉快そうに鼻を鳴らした。

「自己紹介しなくても、そいつらの格好を見ればわかる」

木乃美と鈴木を顎でしゃくる。ほら、聞き込み相手をいたずらに身構えさせることになるんだから、私たちはついてくるべきじゃなかったんだよ。木乃美が恨《うら》めしげな横目を投げかけても、鈴木は素知らぬ顔だ。

「沢野克彦さんについて、お話をうかがいたいのですが」

梶が用件を切り出した。

「そんな名前、聞きたくもない」

男が語気を荒らげた。「律子もみれいも、もうあの男とは無関係だ。話すことはない」

「まだ離婚は成立していないとうかがいました」

宮台の指摘には、舌打ちが返ってきた。

「あの男が離婚届に判を押すのを拒んでいるからな。まったく、往生際が悪い」

そう言うと、男は警官たちを押し出そうとするかのように、大きな動きで扉を押し開けた。

「おれはもう出かけるんだ。さあ、帰った帰った」

「律子さんにお話をうかがう約束をしていたのですが」

梶が言ったが、とりつく島もない。

「律子はいない」

「ではいまどちらに？」

宮台にたいしても同じだ。

「知らん」大きくかぶりを振る。

「こんなところでたむろされたら変な噂が立つ。さっさと帰ってくれ」

「しかし――」

「帰れ」

男が宮台の両肩を押したとき、奥のほうから女の声がした。

「お父さん？」

男の顔がしまった、という感じに歪む。

「なにしてるの」とスリッパの足音が近づいてきた。

「うるさい。おまえは中にいろ」

「警察の人じゃないの？」

サンダルをつっかけて玄関に出てきたのは、半端丈のジーンズを穿いたショートボブの女だった。少し丸い愛嬌《あいきょう》のある鼻のかたちが、幼稚園で会ったみれいちゃんによく似ている。彼女が沢野律子だろう。

「おまえには関係ない」

「関係あるわよ。この人たちは私に話を聞きに来たの。関係ないのはお父さんのほうじゃないの」

口喧嘩では娘に勝てないようだ。むすっと黙り込んだ男が、肩で風を切るようにしながら車に向かう。

「いってらっしゃい。気をつけてね」

娘に声をかけられても返事をせず、わざと乱暴に扉を閉めて車に乗り、走り去った。

「父が失礼な態度をとってすみません。沢野律子です」

先ほどまでの父娘《おやこ》喧嘩を恥じるように肩を狭め、沢野律子は警官たちを自宅に招き入れた。

通されたのは、絨毯《じゅうたん》敷きのリビングルームだった。ローテーブルを中心に、座椅子型のソファがL字形に並べられている。調度品などの雰囲気から、暮らし向きは豊かすぎず、貧しくもなくという感じだろうか。

律子は警官たちにソファをすすめ、自分は絨毯の上に正座した。

「あの人がご迷惑をおかけしているようで」

深々と頭を下げられ、梶が恐縮したように手を上げる。

「頭を上げてください。あなたが悪いわけではありません」

「そうは言っても、戸籍上はまだ夫婦ですから」

律子は顔を上げた。「まだ逃げてるんですか。あの人」

「逃げているのかはわかりません。所在がつかめないので、連絡を取りたいのです」

梶は励ます口調だった。

「克彦さんから連絡は？」

宮台の質問に、律子はうつむきがちにかぶりを振った。

「いいえ。ご連絡をいただいてから、私からも電話をしたり、メールを送ったりしてみたんですけど。ずっと電源が切られているみたいです。いったいどこでなにをやっているんだか」

逃げたところでなんにもならないのに、と深いため息をつく。

「立ち入ったことをうかがって申し訳ないんですが、克彦さんとは離婚なさるおつもりなんですよね」

梶が訊き、律子が頷いた。

「そのつもりです」

「いつから別居なさっていらっしゃるんですか」

「もう、三か月になります」

「その間、まったく連絡はとっていらっしゃらなかったのですか」

「まったく、というわけでもありません。頻繁に復縁を迫る電話やメールがありました。だけど、ほとんど無視していました。何度かは返信もしましたが、離婚届に署名して郵送してくださいという素っ気ない内容です。まともに話をしようとしても埒《らち》があかないし、なんとなくほだされて復縁ということを繰り返していたから、このままじゃいけないと思って、あえて突き放すように心がけていました」

「そんなに復縁したがっていたのなら、克彦さんがこの家まで押しかけてくることもあったのでは」

宮台の質問に、律子は居心地悪そうに首をすくめる。

「一度ありました。けど、私やみれいは顔を合わせていません。父が応対して追い返しました」

先ほどの調子で、という感じに、律子がちらりと視線を玄関のほうに向ける。

「父は前からあの人との結婚に反対だったので、あの人にとっても相当怖い存在だったはずです。あれ以来、家まで来たことはありません」

「なるほど。わかりました」

穏やかに相槌《あいづち》を打つ梶の後ろから、鈴木が質問を浴びせた。

「みれいちゃんは、お父さんに会いたがったりしないんですか」

それまで黙って話を聞いていた白バイ隊員が突然質問してきたからか、質問の内容にたいしてか、律子は意表を突かれたようだった。

「鈴木くん。聴取は宮台さんと梶さんに任せて――」

木乃美を無視して鈴木が続ける。

「あなたが旦那《だんな》さんと別れたがっているのはわかりました。みれいちゃんは、お父さんを恋しがったりしないんですか」

「鈴木――」

梶も鈴木をたしなめようとしたが、律子が声をかぶせてきた。

「あの子は、父親と一緒に暮らしたがっていると思います。私だって、あの子から父親を奪うような真似はしたくありません。でも、もう限界なんです。仕事は上司と揉めてすぐに辞めちゃうし、ギャンブルがやめられなくて生活費に手をつけるし。私としては何度もチャンスをあげたつもりです。でも、ことごとく裏切られてきました」

「克彦さんとは、長いんですか」

律子の昂《たか》ぶりを鎮めようとするかのような、梶の静かな口調だった。

律子が感情を呑み込むように頷く。

「出会ってからは七年ぐらいになります。当時私はカラオケボックスでアルバイトしていたんですけど、そのときの同僚の女の子の彼氏が、沢野のいた暴走族に所属していて、沢野を紹介されました」

「当時沢野は暴走族に？」

「いえ。すでに暴走族は引退して、自動車工場で働いていました。そこも私と付き合いだしてから半年ぐらいで辞めましたけど」

「暴走族の仲間とは、いまでも付き合いが続いているんでしょうか」

「むしろそれ以外の人脈はないと思います。狭い世界で生きている人なんです」

律子は日ごろから沢野がつるんでいたという、悪友五人の名前を挙げた。沢野の人間関係をすべて把握《はあく》しているわけではないので、逃亡しているのなら心当たりはそれ以外に浮かばないという。

「ありがとうございます。この人たちに会いに行ってみようと思います」

名前を書き留めた手帳を懐《ふところ》にしまいながら、梶が礼を言う。

玄関まで警官たちを見送り、律子は「もしあの人を見つけたら、早く離婚届にサインしてくださいと伝えてください」と冷たく告げた。

駐車場へと歩きながら、木乃美は鈴木に言った。

「鈴木くん。どうしてあんなことを言ったの」

「あんなこと？」

「みれいちゃんがお父さんを恋しがったりしないのか、とか」

「ああ」なにかと思えばそんなことか、という感じの気のない反応だった。「まずかったですか」

前を歩いていた梶が振り返る。

「あれは不用意だったな。おれたちが首を突っ込むような問題じゃないし、変に刺激して怒らせたら捜査に協力してくれなくなるんじゃないかと思って、正直少しひやっとした」

「そうですか。すみません」

まったく悪気がなさそうな謝罪に、宮台が振り返り、なにか言いたげな一瞥をくれた。

　捜査車両のところまで戻ると、梶が手帳を取り出した。

「沢野がつるんでいたという元暴走族の仲間を、分担してあたろう。沢野律子からは五人の名前が挙がったから、おれと宮台がこの三人、本田と鈴木が——」

　手帳に列挙された名前を指差しながらの説明の途中で、鈴木ははっと顔を上げた。

「おれは本田先輩と組むんですか。おれたちは刑事じゃないから、宮台さんとおれか本田先輩という感じで組んだほうがよくないですか」

「言いたいことはわかるが、もしおれと宮台がバラバラのペアになったら、どうやって移動する？」

「あっ」

　鈴木は自分の白バイと覆面パトカーを交互に見た。

　梶が愉快そうに鈴木の肩を抱き、ぽんぽんと叩く。

「いずれにせよ、班長からは必ず本田と行動をともにするという条件を出されているんだ。本田先輩の言うことをしっかり聞いて、頑張ってくれ」

　不本意そうに顔をしかめても、鈴木にほかの選択肢は残されていない。

　梶と宮台が覆面パトカーに乗り込み、出発する。

「じゃあ私たちも行こうか」

木乃美が言うと、鈴木はふんとそっぽを向いてヘルメットをかぶった。

2

木乃美と鈴木が最初に向かったのは、横浜市神奈川区だった。

沢野克彦の友人である石黒《いしぐろ》という男が、東急東横線《とうきゅうとうよこ》反町《たんまち》駅近くにある神奈川家《や》というラーメン店でアルバイトをしているらしい。

木乃美の前を走っていた鈴木が、ブレーキランプを点灯させる。

広い歩道に乗り上げるかたちでバイクを駐車し、二人はラーメン店に向かった。

ちょうど開店のタイミングらしく、坊主頭にタオルを巻いた強面《こわもて》の店員らしき男が、店先で暖簾《のれん》を出そうとしていた。

「あの……」

声をかけようとした木乃美を肩で押しのけるようにして、鈴木が前に出る。

「すみません」

「はい。いらっしゃい」

愛想よくこちらを振り向いたタオル男の表情が、白バイ隊員の制服を見たとたんに曇る。

「石黒っていう男がここで働いているって聞いたんだけど」

「いねえよ」

タオル男は視線を逸《そ》らし、ぶっきらぼうに答えた。ちょうどそのとき男性二人組の客がやってきて「いらっしゃい」と、警官にたいするのとは対照的な満面の笑みで迎え入れる。

「いらっしゃい」「いらっしゃい」と店内からやまびこの挨拶が聞こえた。

「おかしいな。ここで働いてるはずなんだけど」

鈴木をあえて視界から外すように、「はい。二名さまご来店！」とタオル男は店の中に消えた。それを追って、鈴木も店内に入ろうとする。

ところが、タオル男が通せんぼのように両手を広げ、立ちはだかった。

「食わないいんなら帰ってくれ」

「石黒と話をさせろ。そうすれば帰る」

「そんなやつ、いないって言ってんだろ」

「んなわけないだろ」

押し問答が始まってしまい、木乃美はあわあわと狼狽《うろた》える。

「お客さんの邪魔だから、出て行ってくんねえかな。そんな制服見ながら食ったら、せっかくのラーメンが不味くなっちまう」

カウンターの中にいた、年輩の店員の声が飛んできた。若い店員と同じように頭にタオルを巻いており、白髪交じりの口ひげをたくわえている。

「ほら。店長もああ言ってるんだ。出て行け」

若いほうのタオル男が、三白眼《さんぱくがん》で鈴木を睨みつける。口ひげの男は店長らしい。

「だから石黒を捜してんだって」

「いねえって言ってんだろ」

「いねえわけねえだろ」

「鈴木くん……」

「邪魔だからさっさと帰れっての」

「石黒を出せ」

「辞めた」カウンターから放たれた店長の言葉に、鈴木は一瞬怯《ひる》んだ様子だったが、ふたたび両肩を持ち上げて戦闘態勢になる。

「辞めたって、いつ？」

「昨日」

「嘘つけ」

「そう思いたきゃ勝手にしろ」

店長はカウンター越しに客から差し出された食券を受け取りながら、「麺の固さは」と確認している。

「鈴木くん。営業の邪魔になるから出直そう」

木乃美が背後から肩に手を置こうとすると、肩を回して振り払われた。

「なんでですか。こいつらぜったい嘘ついてますよ」

それは木乃美だって薄々感じている。警察——とくに交通機動隊ともなれば、理不尽な取り締まりに遭った経験や、職務質問の際の高圧的な態度などから、毛嫌いする人種は一定数存在する。この店の店員は、たぶんそういう警察アレルギーなのだろう。石黒が辞めたという発言の真偽も疑わしい。けれど鈴木のように強引にいったところで、協力が引き出せるとはとても思えなかった。

膠着《こうちゃく》状態が続くうちに、麺が茹《ゆ》であがったらしく、最初に入店した二人組の客にラーメンが提供された。鈴木は頑として動かないし、店員たちはそんな鈴木をかたくなに無視し続ける。

いったいいつまで続くんだろう。私がなにを言っても、鈴木くんは聞き入れてくれないだろうし……。

そんなことを考えて憂鬱な気持ちになっていると、背後から新たに客らしき気配が近づいてきた。邪魔にならないように一歩横に移動して出入り口の通路を空けたが、客らしき人物は店内に入らず、木乃美のそばで立ち止まった。

「あれ……？」

え。なに？

こわごわと視線を上げる。男だった。着古した感じのポロシャツからのびた腕は太く、たくましく、真っ黒に日焼けしている。

「木乃美ちゃん、じゃないか？」

「えっ……」

なんで私の名前を？

しばし男と見つめ合った。白髪交じりの角刈りに、浅黒い顔。

「忘れちゃったかな。おれだよ。おれ、ほら、前に……」

思い出した。

「相川《あいかわ》さん？」

「そうそう。相川。覚えててくれたか」

「もちろんですよ！　久しぶりに相川さんに会えて嬉しい！」

「かあっ。嬉しいこと言ってくれるじゃないか」

手を取り合って喜ぶ二人を、鈴木や店員、客までもが不思議そうに見ている。

相川が木乃美を指差しながら、カウンターの奥に声をかけた。

「大将。この子、木乃美ちゃん」

「相川さん。知り合いなの？」

店長を覆っていた刺々《とげとげ》しい空気の膜が剝がれ落ちる。

「知り合いっていうか、恩人だよ。恩人。木乃美ちゃんのおかげで孫の誕生の瞬間に立ち会えたんだ。警察なんて融通の利かない石頭ばっかだと思ってたけど、こんな人情深い警官もいるんだなと感心したね、おれは」

「そうなのか」

店長は意外そうだ。「相川さん。大の警察嫌いだったよな」

相川が過去の自分を恥じるように、自分の頭を撫《な》で回した。

「まあな。いまでも嫌いな警察官はいるぜ。でもな、真面目《まじめ》に仕事に取り組んでる良い警察官だっているんだよ。ケーサツだからってみんな同じわけじゃない。白バイの取り締まりを卑怯《ひきょう》だとか、ほかにも違反してるやつがいるのに自分だけが捕まるのは不公平だとか不運だとか、言うやつもいるけどさ、っていうか、昔のおれなんかまさしくそうだったけど、ようするに違反しなきゃいいんだよな。誰も違反しなくなったら、木乃美ちゃんは商売あがったりかもしんないけど」

「それでいいんです。私の仕事がなくなるってことは、みんな安全運転しているってことだし」

「ほらな。いまの聞いたか。なかなか言えることじゃないぜ」

相川は木乃美を指差し、誇らしげに店長を見る。

「こういう子なんだよ。こういう子もいるんだよ。日本の未来は明るいじゃないか」

相川の上機嫌が伝染したように、店長がぎこちなく微笑んだ。

「大将も、いつまでも信号無視でパクられたこと根に持ってちゃいけないよ。ほんのちょっとでも違反は違反なんだ」

「ね、根に持ってなんかいないさ」

「ならいいんだけど」

相川はにかっと笑い、木乃美にカウンター席を勧めた。

「ごめんな。腹空《す》いてたのにくだらない話に付き合わせちゃって。ここ、よく来るの？」

木乃美は胸の前で両手を振った。

「違います。食事に来たんじゃないんです」

「そうなのか？」

「仕事です。ここで働いている店員さんにお話をうかがいたくて」

「そりゃ大変だね。お仕事ご苦労さま」

満面の笑みで木乃美を労《ねぎら》い、相川が店長のほうを向いた。「大将。なんかここの従業員に用があるらしいよ。誰か悪いことしたんじゃないの」

「あ。でも、もう辞めたからここにはいないって……」

「あ、そう」

拍子抜けしたような顔をする相川の背後で、店長が強面のタオル男に目配せをした。タオル男が歩み寄ってくる。

「なんの用ですか」

「だから石黒と話をさせ――」

タオル男は鬱陶《うっとう》しそうに鈴木を一瞥し、鈴木を避けるように背伸びして木乃美を見た。

「おれが石黒です」


店長が二階の従業員用休憩室を使っていいというので、ありがたく厚意に甘えることにした。店舗突き当たりにある細い階段をのぼって二階に上がる。四畳半ほどの和室だった。従業員の私物なのか、コミックや雑誌などがあちこちに積んであり、部屋の隅にはなぜかアコースティックギターまで立てかけてあって、雑然とした印象だ。

「いらっしゃいませ」

下から客を迎える挨拶の声が聞こえてくる。畳の上に胡座《あぐら》をかいた石黒が、階段のほうを気にする素振りを見せた。

「急いで済ませるようにします」

木乃美は畳に正座しながら言った。隣には、仏頂面で鈴木が胡座をかいている。

「お姉さん。相川さんになにしたの」

「なにって……?」

「いや。あの人、前から常連だったんだけど、もともとすげー警察嫌いだったはずなのに」

そういえば——木乃美は思い出し笑いを嚙み殺した。

相川と出会ったのは、木乃美がまだ新人隊員だったころだ。いまでは懐かしい思い出だが、最初は親の仇《かたき》のように罵倒され、泣きそうになった。もともと相当な警察嫌いだったというのは、間違いない。

木乃美は、相川と打ち解けるきっかけになった出来事を話した。

「相川さんをスピード違反で取り締まったことがあったんです。そのとき、娘さんの陣痛が始まっていて、相川さんは一刻も早く病院に駆けつけたいあまりに、スピード違反を犯してしまったんです。本来ならその場で青切符の交付手続きをするんですが、事情が事情ですから、危険な運転をしないように病院まで先導して、病院で手続きを行いました」

「なるほど。だからお姉さんのおかげで孫の誕生に立ち会えた……ってことか」

石黒は感心した様子で自分の顎ひげを撫でた。

「そういう警察官もいるんだな」と、少し感心したふうに呟く。

「時間がないんだろ。手早く済ませよう」

やや不機嫌そうに、鈴木が顎をしゃくった。

石黒は少し鼻白んだようだったが、先ほどまでの警察にたいする強い敵愾心《てきがいしん》はなさそうだ。

「沢野克彦を知っているな」

「ああ。地元の先輩だけど」

「最近連絡は」

「ないよ。ってか、なんでこいつこんな偉そうなの」

指差された鈴木が、「人を指差すなって教わらなかったか」と石黒の指をつかもうとし、それを避けた石黒が「なにすんだよっ」と気色《けしき》ばんでハラハラする。

「本当に連絡はないんだな。下手にかばい立てするとろくなことにならないぞ」

「なんでおれが克彦さんをかばうんだよ。だいたいあの人なにしたんだ」

「ひき逃げだ」

「は？」石黒の驚きの表情は、とても演技には見えなかった。

「嘘だろ」

「嘘ついてどうする。本当だ。沢野はひき逃げして行方をくらましている」

木乃美は慌てて訂正した。

「鈴木くん。まだそうと決まったわけじゃないよ。ひき逃げ現場の近くから、放置された沢野さんのバイクが発見されたんです。そして被害者の遺体に付着した塗料が、放置されたバイクに使われたものと一致していました」

「ひき逃げしたってことじゃないですか。同じです」

「同じじゃない。ぜんぜん違う」

「この状況で沢野が犯人じゃないなんてありえない」

「それは私たちが決めることじゃないよ」

石黒は二人の言い争いとは別のところに反応した。

「遺体……いまそう言ったな。ひき逃げの被害者は亡くなったのか」

「そうだ。沢野は人を殺した」

「鈴木くん！」

「なんですか」

鈴木が鬱陶しそうに一瞥をくれる。

ことの重大さに愕然《がくぜん》とした様子で、石黒がゆるゆるとかぶりを振る。

「知らない。おれは関係ないよ。克彦さんを匿《かくま》ったりしていないし、連絡も来ていない」

「本当だろうな」

「本当だよ。人が死んでるっていうのに、嘘なんかつかない」

「信用ならないな」

鈴木がふんと鼻を鳴らした。「おまえら暴走族上がりなんだろ。他人に迷惑をかけてもなんとも思わない人間の集まりじゃないか。平気で他人を威圧したり、他人の生命を危険にさらすような運転をする人間の言葉なんて信用できると思うか」

「鈴木くん。ちょっと言い過ぎ——」

例のごとく、鈴木には木乃美の言葉など聞こえていないかのようだった。

「もうゾクじゃねえよ。こうやって真面目に働いてるじゃないか」

「足洗ったら過去の罪も消えるってか。都合の良いことだな。おまえに脅されたり、危険な目に遭わされた人間の心の傷はそう簡単に消えないんだよ。そんなんだからひき逃げなんかするんだ。命の重みってやつがわからないから」

「んなことねえよ！」

石黒が声を荒らげた。

「んなことあるさ。暴走行為なんかするやつには、命の重みがわかってない」

「仲間が死んだんだ！」

鈴木が驚いたように小さな目を見開き、顎を引く。

自らの気持ちを鎮めようとするような長い息を吐き、石黒は続けた。

「仲間が事故って死んだ。だからおれらは、暴走族《ゾク》を抜けたんだ。それまでは、たしかに自分たちのやってることの危険さも、他人の命の重さも理解できてなかったと思う。でも仲間が死んだことでわかった。人は案外簡単に死んじまうんだって。おれらがやってたことはただの遊びじゃ済まされない、自分も、他人も殺しかねない、危険な行為だったんだって」

「命の重さを理解したはずの男が、ひき逃げしてるんだから世話ないな」

鈴木に言われ、石黒が苦いものを飲んだような顔をする。

「鈴木くん。何度も言うけど、まだ沢野さんがひき逃げしたと決まったわけじゃないからね」

「沢野の立ち回り先に心当たりは」

「知らない」

かぶりを振る石黒は、沈痛な面持ちだった。

「知らないわけがないだろうが。いつもつるんでるんだから」

「最近はそうでもねえし」

鈴木と正対するのを嫌うように石黒が座る向きを変え、横を向く。

「先輩だから呼び出しを断り切れなかっただけだし。暴走族抜けて真っ当に働き出してからも、付き合いは続いてたけどさ、あの人、なんていうか、いつまで経っても地に足がついてない感じなんだよな。おれらなんか高校すらまともに出てないんだから、社会に出て稼ごうったって仕事もそんなに選べないじゃん。だから雇ってもらったところで地道にやってくしかないんだけど、あの人はどうにも山っ気が抜けないっていうか、一発逆転を狙ってるっていうか、そういうところがあってさ、やれネットワークビジネスを一緒にやろうだの、やれ起業するから出資しろだの、いろいろ言ってくんの。どう考えても騙《だま》されてるって思っても、後輩のおれがなにか言うとブチ切れられるし、かといって怪しい商売にかかわりたくもないし、っていうんで、最近は距離取るようにしてたんだ。たまに呼び出されてもなにか口実つけて断ったり、早めに帰るようにしてた。あの人、めっちゃ不機嫌そうだったけど、繊細なところもあるから、避けられてるのわかったんだろうな。ここのところはほとんど声もかからなくなってた」

「最後に沢野さんに会ったのはいつですか？」

木乃美の質問には、すんなりと答えが返ってきた。

「会ったのはもう半年以上前だけど、四か月ぐらい前かな、電話があったよ。また新しいビジネスを始めるとか言ってて、やばいと思ったから、話逸らしたり適当にはぐらかしたりして詳しくは聞いてないけど」

「ビジネスって、どんな」

高圧的な鈴木に反発するように、石黒は視線を鋭くした。

「知らねえって言ってんだろ。人の話ちゃんと聞いてたのかよ」

「なんだ、おまえのその態度は」

前のめりになった鈴木からいまにもつかみかかりそうな気配を感じ、木乃美は慌てて口を挟む。

「そのビジネスの内容について、沢野さんはどういうふうに説明していたんですか」

「電話じゃ話せないから詳しいことは会って話そうって。前とは違って今回は確実にデカい儲《もう》け話になるから、信用してほしいって」

「前とは？」

以前にも儲け話を持ちかけていたということか。

木乃美が訊き返すと、石黒はうんざりしたように顔をしかめた。

「マルチだよ。会って話そうっていうからあの人が指定した喫茶店に出かけていったら、もう一人知らないおっさんが一緒にいて、健康商品のネットワークビジネスってやつにしつこく誘われたんだ。あんときも断るのにめちゃめちゃ時間かかって大変だったから、もうそういうの最初から話を聞かないようにしている」

「沢野さんは、マルチ商法まがいのネットワークビジネスにはまってたんですか」

「いや。それはさすがにもうやってないと思うよ。最初に入会金やらなにやらで何十万円かのローンを組まされたみたいだけど、自分の下に会員集められなくてぜんぜん元取れなかったみたいだし。今回のがどういう系統の胡散臭《うさんくさ》い儲け話かは知らないけど、おれが断ったのとはまた別口だと思う。あの人、悪い人じゃないんだけど、どうにも流されやすいっていうか、コロッと人に騙されちゃうんだよな。他人を疑わないっていう意味では、純粋な人なのかもしれないけど」

「じゃあ、いま沢野さんが頼るとしたら」

　石黒が頷く。

「その、一緒にビジネスやってる相手じゃないかな。もっとも克彦さんはビジネスパートナーのつもりでも、相手がどう思ってるか知らないけど。金づるとしてしか見てないんじゃないの。本当に克彦さんがひき逃げして匿ってもらおうとしてるんなら、その相手だって面倒なことにはかかわりたくないだろうし、さっさと警察に出頭しろって言うでしょ」

そうであってくれればいいが。

「そろそろいいかな。店が忙しくなってきたっぽいし」

階下を気にしながら、石黒が畳から尻を浮かせた。

3

「おれがあいつのビジネスパートナーだって？　勘弁してくれ」

自己紹介もそこそこにぶつけられた鈴木の質問を、山崎《やまざき》は鼻で笑い飛ばした。

ＪＲ戸塚駅にほど近い場所にある、寿司《すし》屋の裏口だった。鈴木と木乃美は、白い調理衣を身につけた若い男と話している。沢野律子が夫の暴走族仲間として名前を挙げた、山崎という男に会いに来たのだった。

「昔の仲間が、おまえらがつるんで怪しげなビジネスに手を染めていたと話してたぞ」

「昔の仲間って誰だよ」

不服そうに薄い眉を歪め、山崎がタバコを口に含む。

だが、タバコのように見えたそれは、正確にはタバコではないらしい。

「おれも最近は真っ当に働いてるんだ。これも電子タバコだし。寿司職人がタバコ吸ってたらまずいだろう？　だからもうタバコはやめた。一年ぐらいになるかな」

ふうと口から電子タバコの水蒸気を吐き出し、遠い目をする。

「いつまでも馬鹿やってらんないだろう。まあ、親父《おやじ》がくも膜下出血でぶっ倒れてから、おれもようやく目が覚めたんだけどな」

「だからお父さま……」

木乃美はちらりと通用口のほうを見た。

山崎が頷く。

「そう。少し麻痺《まひ》が残ってる」

この店を訪ねたときに最初に応対してくれたのは、六十歳前後の恰幅《かっぷく》の良い男だった。後にいぶかしげな顔をしながら出てきた山崎によく似た顔のその男は、左脚を引きずるような歩き方をしていた。

「そうだったんですか」

「けど幸いなことにまだ寿司は握れる。だから、いまのうちにおれが技を盗まないと、店を継ぐ人間がいなくなっちまう。ガキのころは自分の将来ぐらい自分で決めさせてくれって反発したけど、三代続いた老舗《しにせ》をおれの代で潰すわけにはいかない。親父が頑張ってこの店の暖簾を守ってくれたおかげで、おれはひもじい思いもせずにデカくなれたんだ。いまは感謝してる」

鈴木がつまらなそうに鼻を鳴らした。

「綺麗事はいい。沢野とつるんでなにやってた」

「なにもやってねえよ」

鈴木から頭ごなしに決めつけられ、山崎は奥二重の目を三角にした。

「おまえが最近でも頻繁に沢野と会っているのは知っているんだ」

石黒からの情報だった。石黒が挙げた、いまでも沢野とつながりが強いらしいかつての暴走族仲間の中に、宮台たちから聞き込みを命じられた山崎の名前があったのだ。

「だったらなんなんだ。仲間だからおかしなことでもないだろう」

「仲間、ねえ」

鼻で笑われ、山崎が舌打ちをする。

「なんだよ」

いまにも殴り合いでも始まりそうな不穏な空気に怯みながらも、木乃美は会話に割って入った。

「沢野さんと最後に会ったのは、いつですか」

山崎が記憶を辿るように虚空を見つめる。

「二週間……ぐらい前だったかな」

石黒の情報通り、山崎はいまでも沢野とつるんでいるらしい。

「最近、沢野さんから新しいビジネスの話を持ちかけられませんでしたか」

話の途中から、山崎は手を振っていた。

「ないない。沢野がおれにそういう話をするなんて、ありえない」

「なんでだ」

高圧的な鈴木の態度に一瞬、表情を歪めた山崎だったが、相手にするのも馬鹿馬鹿しいという感じに木乃美のほうを向く。

「そういう話をするようなら縁を切る、って言ってあるんだ。前にあいつから、マルチ商法みたいなのに誘われたことがあってさ、ああいうのって基本、詐欺みたいなものじゃん。だから、もしもおれとダチでい続けたいのなら、二度とそういう話はするなって言ったんだよ。おれを食い物にしようとするなら、今後はおれもおまえのことをそういう目で見るからな……って」

山崎が電子タバコをひと吸いし、質問してくる。

「っていうか、あいつ、なにかやったの。もうガキだっているんだし、一攫千金《いっかくせんきん》狙って山っ気出すのもほどほどにしとけって言ってたんだけど」

「ひき逃げだ」

鈴木のその回答は予想していなかったらしく、山崎の口から電子タバコがぽろりと落ちた。

木乃美が慌てて訂正する。

「沢野さんがひき逃げしたと決まったわけではなくて、交通事故現場の近くに沢野さんのバイクが乗り捨ててあって——」

「沢野のバイクって、セロー250か」

山崎が訊いた。

「そうです」

「マジか。あいつ、なにやってんだ」

手の平でぴしゃりと額を叩き、頭を抱える山崎は、本当に悔しそうだった。

「事故後、沢野は自宅アパートに帰っておらず、行方をくらませている」

「だから沢野さんの親しくしていた人を訪ねているんです」

しばらく打ちのめされた様子の山崎だったが、顔を上げたときには瞳に力が戻っていた。

「なんかの間違いだ。あいつは元暴走族だし、一攫千金を狙っては借金増やしてるし、それでも定職に就こうとせずにふらふらしてるどうしようもないやつだけど、ひき逃げなんかする男じゃない」

「お得意の仲間同士のかばい合いか」

鈴木が皮肉っぽく片頬を吊り上げる。

「そうじゃない。昔仲間が――」

「死んだんだろう」

先回りされ、山崎が言葉を詰まらせる。

鈴木が続けた。

「聞いたよ。それが原因で暴走族から足を洗ったって。けどそれって結局、お仲間の不幸じゃないか。自分らの身内ではない、他人を傷つけることにかんしては鈍感なままだ」

「そんなこと――」

「ならなんで」鈴木は強い口調で遮った。

「なんで沢野は、マルチ商法まがいのビジネスに手を染めた。物理的にじゃなければ、他人を傷つけてもかまわないっていうのか」

「それは……おれだって、やめるようには言ったさ」

山崎の口調が弱々しくなる。

「けど強くは言わなかったんだよな。自分を勧誘したら友達付き合いをやめると言って、沢野との交友は続いた。つまり仲間さえ傷つけなければ、他人はどう扱ってもいいって言ってるようなものじゃないのか」

反論の言葉を失ったように、山崎が黙り込んだ。

「鈴木くん。言い過ぎだよ」

鈴木の言い分にも一理ある。けれど犯罪者でもない相手にたいしてあまりに無礼だし、あまりに潔癖すぎる。もしも友人が怪しげなビジネスに手を染めたら、自分も山崎と同じ接し方になると、木乃美は思う。

「でも事実です」

だからって……。

それにしてもなんで鈴木くんは、暴走族にたいしてここまで嫌悪を顕《あら》わにするんだろう。

木乃美がそんなことを考えていると、山崎がようやく絞り出したという感じの声を漏らした。

「でも、あいつの家族を想う気持ちだけは本物なんだ。たしかに方法は間違っているし、その間違った方法でも結果を出せていないけど、ぜんぶ娘を想う一心からの行動なんだ。まともな学もないおれらが人並みに稼げる方法はなにかって、逆転できる手段はないかって、あいつなりに必死に――」

「その結果が他人を騙したり、陥《おとし》れたりする怪しいビジネスか」

「わかってるさ。間違ってる」

山崎が電子タバコを挟んだ手で、頭を抱えた。

「だけどおれも強くは言い切れない部分がある。あいつの気持ちは痛いほどわかるし、両親のいないあいつに比べれば、継《つ》ぐ家のあるおれなんてまだ恵まれたものだし。家業を継ぐ人間になにがわかるって言い返されたら、それ以上なにも言えないだろう」

「そうやって身内同士甘やかし合ってるから、ひき逃げなんて真似をするんだ」

きっ、と山崎が鈴木を睨みつける。

「なんだ、その目は」

不穏な空気を察して、木乃美は慌てて言葉を継いだ。

「少なくとも山崎さんから見て、沢野さんはひき逃げをするような人ではなかったんですね」

「そうだよ。たしかに、あいつはこれまでにいろいろと悪さをしてきた。マルチ商法に手を出したときには、他人を食い物にして一儲けしてやろうという考えもあっただろう。でも結局、いろいろ画策して一個も成功してないんだ。もちろん、たんにあいつの頭が悪いという理由もあるだろうけど、それ以上に、あいつが心を鬼にし切れない部分が大きいと思う。やさしいんだよ、あいつは。だから悪さしようとしても、他人を陥れることができずに、いつも自分が損をして終わる。最後に会ったときだって、あいつずっと娘の話ばっかしててさ」

そのときのことを思い出したのか、山崎がふっと笑みを漏らす。

「なんでも、ママに許してもらえるように頑張ってて、娘から励まされたんだと。あの子、沢野の娘なのにしっかりしてるよな。実は沢野と血がつながってないんじゃないかって疑ってしまうけど、そんなことないんだよな。だって顔はそっくりなんだ」

あれっ――？

木乃美はふいに違和感を覚えた。

「やさしいって言っても、結局身内にたいして――」

忌々《いまいま》しげに鼻に皺を寄せる鈴木を押しのけるようにして、木乃美は山崎のほうに顔を近づけた。

「沢野さんは娘さんと連絡を取り合っているんですか？」

ぎょっとしながら身を引いた山崎が、小刻みに頷く。

「あ、ああ。そう聞いているが」

「それは電話で？　それとも――」

「直接会っていると思うぜ。そんな口ぶりだったし、そもそも娘ってまだ幼稚園だろう。スマホなんか持たせてないだろうし」

なにがそんなに気になるんだという感じで、山崎が怪訝《けげん》そうに眉を歪める。

沢野律子は三か月前に別居して以来、一度も夫に会っていないし、娘を会わせてもいないと言った。なのに二週間前に会った山崎は、沢野が娘と会っていると話している。ママに許してもらえるように頑張って。ふたたび家族で同居できるように頑張れという意味だろうから、妻子が家を出た後のことと考えて間違いない。

沢野克彦の話が出鱈目《でたらめ》なのか。

あるいは沢野は妻子に会っているが、沢野律子が嘘をついているのか。

それとも、沢野律子の知らないところで、沢野克彦が娘に会っているのか。

話を遮られて不愉快そうにしていた鈴木もようやく山崎の証言の重大さに気づいたらしく、あっ、という顔になった。

4

山崎と別れた直後に梶から連絡が入り、みなとみらい分駐所で落ち合うことになった。

梶たちのほうが先に着いていたらしく、木乃美たちが分駐所に到着したときには、敷地の隅にすでにシルバーのトヨタ・クラウンが駐車していた。

事務所の引き戸を開けると、吉村分隊長と話していたらしい梶と宮台がこちらを振り向いた。

「ただいま戻りました」

「お疲れ。大丈夫だったか」

そう言いながら、梶が木乃美の背後にちらりと視線を動かす。そこには鈴木がいた。「大丈夫」というのは、どうやら鈴木を上手く扱えたかという意味らしい。梶の意図を知ってか知らずか、木乃美を差し置いて「大丈夫です」と鈴木が答えた。

「石黒と山崎には会えたか」

宮台は木乃美を見て言ったのに、やはり答えたのは鈴木だった。

「はい。会えました。そちらは？」

「長谷部《はせべ》と斎藤《さいとう》と杉内《すぎうち》。三人ともひき逃げ事故のことは知らなかったし、沢野から連絡を受けてもいない」

さすが本職。木乃美たちが二人に事情聴取する間に、宮台と梶は三人の事情聴取を済ませたらしい。これで沢野律子の挙げた五人の元暴走族仲間全員への事情聴取を終えたことになる。

「三人ともいまは定職に就いていて家庭もあり、あえて沢野を匿うリスクを負うようには思えない」

宮台に梶が賛同する。

「見事に更生していたな。沢野の妻はまるで悪友の影響で沢野が更生できないといった口ぶりだったが、仲間うちでフラフラしてるのはむしろ沢野だけなんじゃないかという印象を受けた。あの事故がよほど効いたんだな。まあ、あれだけの事故を起こしておきながら、いっさい反省しないんじゃ救いようがないが」

木乃美と鈴木は思わず互いの顔を見合わせた。

「梶さん。連中が暴走族を抜けるきっかけになった事故を知ってるんですか」

鈴木の質問に、梶はこともなげに頷いた。

「ああ。八年前の事故だが、当時おれはもう交機隊で白バイに乗ってたし、現場は一交機の管内だったからな。あれはたしかに酷《ひど》い事故だった」

当時のことを思い出したのか、梶が痛ましげな表情になる。

「どんな事故だったんですか」

木乃美は訊いた。

「バイクとトラックの正面衝突だ。バイクのほうが沢野たちの仲間の、李《リ》だか楊《ヤン》だかの中国籍の男だったと思うが、カーブを曲がりきれずに反対車線に大きく膨らんで、走ってきた大型トラックと真っ正面からぶつかったんだ。バイクのほうがかなりのスピードを出していたらしく、おまけにノーヘルだったこともあり、遺体は親族が見ても当人とわからないぐらいの損傷を受けていた」

「かなりのスピードって、現場は一般道ですよね」

木乃美は顔を歪めた。脳裏には現場の惨状を思い浮かべている。

「もちろん……と言うとおかしいかもしれないが、そうだ。ほら、あのあたりだよ。南区《みなみ》の〈樅《もみ》の木小入口〉のあたり」

「ああ。あそこ」

すぐに現場付近の映像を浮かべることができた。

「知ってるんですか」

鈴木に頷き、梶に視線を戻す。

「あそこ、左カーブしてるけど、ちょっとスピードを出したからといって反対車線に飛び出しちゃうほどの急カーブじゃないですよね」

「それが曲がりきれないほどのスピードだったってことだ」

木乃美はいままさにバイクで急加速しているかのように、全身の毛穴がきゅっと締まるのを感じた。

住宅街を走る片側一車線の生活道路。〈樅の木小入口〉の信号付近でカーブを曲がりきれずに反対車線に飛び出したということは、バイクはおそらく上り車線を走っていたのだろう。戸塚方面から走ってくると、あの道は〈樅の木小入口〉にかけて左にカーブするのぼり坂になっており、見通しが悪い。熟練の白バイ隊員でも、速度を上げるのを思わず躊躇《ためら》ってしまうような道だ。事故を起こしたライダーは土地勘が薄かったのか、それとも、己のライディングテクニックを過信してしまったのか。ライダーはスロットルを緩めることもブレーキレバーを握ることもなく、見通しの悪い左カーブに突入する。のぼり坂は〈樅の木小入口〉の信号を通過した直後に、唐突に下り始める。そのためライダーには道が突然途切れているように見える。猛スピードで反対車線に飛び込んだライダーにとって、大型トラックは突如として地面からせり上がってきた壁のように見えたに違いない。

「そんな悲惨な事故で仲間を失っておきながら懲りずにひき逃げ事故を起こすなんて、沢野はよほど馬鹿なんですかね」

「まだ沢野がひき逃げ犯だと決まったわけではない」

宮台にたしなめられたのが不服らしく、鈴木が口を尖らせる。

「え。でもそうでしょ。あの状況でそれ以外に考えられ――」

議論をする気はないという感じに、宮台が質問した。

「石黒と山崎から、なにか有益な情報はえられたか」

「えっと……」と、頭の中で情報を整理しようとする木乃美を差し置いて、鈴木が報告する。

「沢野はなにか怪しげなビジネスに手を染めていたようです」

「こちらで事情聴取した三人も同じようなことを言っていた。ただまあ、お人好しというか頭が悪いというか、沢野には人を陥れるだけの才覚がなかったみたいだな。毎度、沢野の負債が膨らむ結果にしかなっていなかったようだ。悪人になるつもりが、本物の悪人にカモられてたって構図だ。そのことに沢野自身が気づいておらず、何度も同じ過ちを繰り返していたのがたちが悪い。いるよな。そういう小悪党」

あきれた様子で肩をすくめ、梶が続ける。

「こちらで聴取した斎藤によれば、沢野から投資話を持ちかけられたことがあったらしい。必ず値上がりする未公開株の情報を持つ人間を知っていると言うので詳しく話を聞いたところ、その人物とはパチンコ店で知り合ったと、沢野は話していたそうだ」

話を聞いていたのだろう。吉村分隊長の深いため息が聞こえた。

宮台が話を続ける。

「そのときは何時間もかけて説得し、手を引かせたと話していた」

「それはいつの話ですか」

鈴木が訊き、宮台が答える。「三か月ほど前らしいが」

「そうですか。こっちで事情聴取した石黒という男も、沢野から新しいビジネスの話を持ちかけられそうになったと話していましたが、それは四か月前だったそうです。時系列的には、石黒が乗ってこなかったので、斎藤に同じ話を持ちかけた、という感じになるでしょうか」

「そのようだな」

「だとすれば、逃亡中の沢野が、そのパチンコ店で知り合った人物を頼っているという可能性もあるんでしょうか」

木乃美の発言には、梶の曖昧《あいまい》に唇を歪めた表情が返ってきた。

「その人物の素性を調べてみるつもりではいるが、斎藤は、沢野はおそらくその人物とは切れていると言っていた。こちらで事情聴取したほかの二人……長谷部と杉内も同じような主旨の発言をしている。彼らいわく、沢野は旨《うま》すぎる儲け話にすぐに乗ってしまい、同じ過ちを何度も繰り返すような浅はかな面があるものの、情に厚く、素直すぎるほど素直な人間でもある。だからこそ他人の言葉にコロッと騙されてしまうのだと。斎藤の説得に応じたふりをして、パチンコ屋の人物と付き合いを続けるなどありえない。というより、仲間を騙せるほど器用な人間ではない……ということらしい。仲間内では愛すべき馬鹿、いじられキャラといったポジションなんだろう」

「ほかになにかわかったことは」

宮台に水を向けられ、木乃美は口を開きかけた。

が、それよりも先に、鈴木が言った。

「ありません。以上です」

えっ、と思わず鈴木のほうに顔を向ける。

妻子と別居後にも、沢野は娘と会っていた可能性がある。これは梶と宮台がつかんでいないであろう、重大な事実のはずだ。沢野が娘に会いに来ることも考えられる。

だが余計なことは言うなよという感じに、強い眼差しで睨みつけられた。

4th GEAR

1

鈴木は先について待っていた。

横浜マリンタワー横の舗道に黒いバイクが止まっており、その隣に缶コーヒーを持って立っている。制服は着ていないが、カーキ色のフライトジャケットにブラックデニムという服装は毎日出勤してくるときと同じなので、すぐにわかった。いっぽうの木乃美は、フード付きのラフメッシュパーカーにデニムパンツ、ブーツという街乗りスタイルだ。

木乃美がホンダＮＣ７５０Ｘのエンジンを切ると、鈴木は缶を逆さまにしてコーヒーを飲み干しながら近づいてきた。

「ごめん。待った？」

「別に。オンタイムですし」

鈴木はスマートフォンで時刻を確認し、木乃美のバイクに視線を向けた。

「なんでＮＣ７５０Ｘなんすか」

「えっ……」口調がぶっきらぼうなので責められているように感じたが、これが普段の口調なのだろうと思い直す。

「い、色」

「色？」

「赤いボディーが綺麗だったし……あ、あと、顔」

「顔？」

鈴木が小さな目を限界まで見開く。

「うん。一つ目で、鼻が尖ってて、なんだかかわいくない？」

Ａ分隊の同僚が薦める車種はバラバラで、試乗しても違いがわかるような腕前もなかったので、最終的には見た目で選んだ。以来、ずっと同じバイクに乗っているので、ほかの車種と比べてどうこうはわからないが、すっかり自分の身体に馴染んだ感覚はあるし、愛着は深まるいっぽうだ。

「鈴木くんのバイクもかっこいいね」

「ああ。バンディット」

自分が褒められたかのように、少しだけ声が弾んだ。

「バンディット、っていうんだ」

「先輩、知らないんですか」

「うん。あまり車種とか詳しくなくて」

ぺろりと舌を出すと、鈴木はあきれた様子ながらも説明してくれた。

「スズキのバンディット１２５０Ｓ。隼《ハヤブサ》の陰に隠れて地味な印象だし、そのせいもあってか二〇一六年に生産終了しちゃったけど、平均点の高い良いマシンだと思います。とか言いつつ、本当はホンダのＣＢ１３００が欲しかったんだけど、高くて手が出なかったんですよ。そんなときに、こいつが中古で手頃な価格で出てたんで買ったんです。いまじゃすっかり気に入ってますけど」

黒光りするフロントカウルをいたわるようにポンポンと叩く。

その手をふと止め、鈴木が顔を上げた。

「こいつの顔はどうですか」

「う、うん。かわいいと思う」

「かわいい、か」

表現に納得はできないものの、褒め言葉は素直に受け取っておこうという感じの笑みだった。

「そういえば先輩。顔に枕の跡がついてますよ」

「えっ?」

慌てて自分のバイクのバックミラーで確認する。

「わっ」と思わず声が出た。左のこめかみあたりから唇にかけて、くっきりと線が入っている。

「これは別に……」

言い訳のしようもない。紛れもなく枕の跡だ。それ以外の何物でもない。

鈴木はとくにおもしろがるふうでもからかうでもなく、「それじゃあ、行きましょうか」とバンディットのシートを跨いだ。ほったらかしかよ。せめて笑ってくれれば、少しは救われるのに。

火を噴きそうになる顔をフルフェイスのヘルメットで覆い、木乃美もNC750Xのシートを跨いだ。

二台のバイクが向かうのは、もとまち幼稚園だった。

沢野が娘のみれいちゃんと会っているらしいという情報を、鈴木は梶と宮台に報告しなかった。報告を忘れたのではなく、意図的に情報を伏せたのだ。交通捜査課の二人と別れてから、木乃美は鈴木を問いただした。

するとと鈴木はこう言った。

──あの子にかかわる警察の人間は、できるだけ少ないほうがよくないですか。わかるようなわからないような理屈だ。

その説明に納得したわけではない。そもそも沢野の行方を追うのは交通機動隊の仕事ではないし、梶と宮台に報告するのが最適解なのだろうと、いまでも思う。だが鈴木の訴えかけるような眼差しからはいつもの皮肉な光が消え、打算やプライドさえもいっさいうかがえず、本気で子供のことを心配しているのが伝わってきた。後ろめたさを引きずりつつも、木乃美はもう少しだけ鈴木のやりたいことに付き合ってみようと決めた。

もとまち幼稚園の張り込みを提案されたので、木乃美は当直明けでいったん自宅に帰り、昼ごろまで仮眠を取って独身待機寮を出てきたのだった。顔に残る枕の跡は、二度寝して待ち合わせ時刻に遅刻しそうになったためだ。

もとまち幼稚園は、横浜マリンタワーから五分ほど走った、山手《やまて》町の住宅街にある。山手町は横浜開港後の外国人居留地だった区域で、異国情緒を色濃く残した街並みは、現在では市内屈指の高級住宅街として知られている。もとまち幼稚園自体もぱっと見は教会と見まがうような、洋館ふうの瀟洒《しょうしゃ》な建物だ。近隣にはフェリス女学院や横浜雙葉《ふたば》といった名門校があり、園児には富裕層や良家の子女が多いと聞くから、実家に帰った沢野律子がいまでも娘を通わせ続けているのは、娘の将来を考えてのことかもしれない。旭区にある沢野律子の実家からもとまち幼稚園までは、道が空いていても車で三十分近くかかる。朝の通勤通学の時間帯だと、もっとだろう。

二人はのぼり坂の途中にあるコインパーキングにバイクを止め、そこから徒歩三分ほどの場所にあるもとまち幼稚園に向かった。

周辺を軽く一周し、斜面に立つ住宅同士の隙間を縫うように走る階段の途中に、もとまち幼稚園の園庭全体と門扉が見下ろせる場所が合った。地元の人間しか利用しないらしく、ほとんど往来はないようだ。その場所から幼稚園を観察することにした。

良い場所を見つけた、と階段に腰を下ろした瞬間、「あ」と木乃美は声を上げる。

「なんですか」

門扉の方角に目を凝らしながら、鈴木が面倒くさそうな声を上げた。

「私いま、座るときにどっこいしょって言った？」

「だったらなんですか」

「ショック。完全に無意識だったー」

そう言って天を仰いでみたが、冷笑すら返ってこない。

空が綺麗だなあ。雲一つない青空って、こういうことかあ。

あ、あそこに雲あった。

清々《すがすが》しい気持ちにケチをつけられた気分になりながら、もとまち幼稚園の園庭に視線を向ける。降園時刻の二時をまわったところで、ぱらぱらと園舎から園児やお迎えの保護者たちが出てくるのが見えた。

「沢野さん。現れるかな」

「わかりません」

「奥さんは、別居してから一度も旦那さんと顔を合わせていないって言ってたよね。旦那さんが実家を訪ねてきたことがあったけど、お父さんが追い返したって。私たちにたいしてもあの剣幕だから、沢野さんにはもっと当たりが厳しかったんだろうね」

「そうっすね」

「あんな状況で、沢野さんはどうやってみれいちゃんに会っていたんだろう。もしかして奥さんが嘘をついて――」

「ちょっと黙っててくれませんか」

鈴木に睨みつけられたそのとき、木乃美は幼稚園の門扉のほうを指差した。

「あ。あれ」

「なに」

視線を戻した鈴木が「あ」と声を漏らす。

幼稚園の門扉のそばに、見覚えのある水色の軽バンが駐車しようとしていた。

「あれ、沢野律子の実家で見たやつですよね」

「そう。沢野さんの奥さんのお父さんが乗って出て行ったやつ」

はたして、軽バンの運転席からおりてきたのも、見覚えのある顔だった。沢野律子の父――君島だ。ここからだと薄い頭頂部の地肌がはっきりと見える。

君島は門扉をくぐり、園庭に入った。園舎で待ちかまえていたのか、水色の制服を着た女児が飛び出してくる。

「あの子が沢野みれいちゃんです」

鈴木に言われ、木乃美の埃《ほこり》をかぶっていた記憶がふいに鮮やかに輝き始めた。

「あの子か」

「覚えてるんですか」

「いま思い出した。去年の交通安全教室で、どうやったら白バイ隊員になれるかいろいろ質問してきた子だ」

記憶よりもいくぶん手足が長くなっている。一年で大きくなったなあ。

「みれいちゃん、白バイ隊員になりたがってたんですか」

「一年前はね。いまは知らないよ」

子供の夢なんて、ころころ変わるものだし。

「っていうか、幼稚園の送り迎えはお祖父《じい》ちゃんがやってるのかな」

「どうですかね。この前自宅を訪ねたときの様子からも、おもに車を使っているのは祖父っぽい雰囲気でしたけど。もし沢野律子も普通免許を所持しているのなら、たまに車を使わせてもらうぐらいはするのかもしれませんが」

送迎をおもに君島がやっているとなると、沢野が娘に接触するのはさらに難易度が上がる。

「行きましょう」

「行きましょうって、どこへ」

質問したが、本当は聞かなくてもわかっている。鈴木は君島の軽バンの後をつけるつもりだ。

パーキングからバイクを出して戻ったとき、ちょうど軽バンが発進したところだった。幼稚園の正門の前を通過し、後を追う。

君島は模範的すぎるほど模範的なドライバーだった。法定速度を一キロたりとも超えることはなく、一時停止の停止線があれば速度メーターがゼロになるようにきちんと停止し、黄色信号を強引に突っ切ることもない。孫を乗せているためいつもより慎重になっているのかもしれないが、それ以上に、もとが几帳面《きちょうめん》で真面目な性格なのだろうとうかがわせる運転だった。尾行していて見失う恐れもない代わりに、安全運転の軽バンに近づきすぎてしまうため、一定の距離を保つのが大変だ。追い抜くと助手席のみれいちゃんに気づかれてしまう可能性があるので、ときおり路肩に寄せて停車したり、ロードサイドのコンビニの駐車場に入るふりをしたりして軽バンに近づきすぎないようにした。

午後のそれほど交通量の多くない時間帯にもかかわらず、軽バンはたっぷり五十分近くかけて自宅に帰り着いた。

木乃美たちは少し離れた場所に停車し、車からおりた君島とみれいちゃんが自宅に入っていくのを見ていた。

「これじゃ、沢野さんがみれいちゃんに接触するのは不可能だね」

木乃美は言った。当然だが、幼稚園から自宅に帰るまで、みれいちゃんが一人になる時間は皆無だった。沢野が接触する機会もなかったはずだ。

「そう思うなら、もう帰っていただいてもかまいません。貴重な非番日に付き合わせてすみませんでした」

「張り込みをやめたいって言ってるわけじゃないよ」

「おれにはそう聞こえましたが」

どうしてそうひねくれた解釈をするかな。少しむっとする。

「このまま沢野さんが現れるまで、みれいちゃんを見張ってるつもり？」

「まあ。仕事もあるんで、ずっと、ってわけにはいかないっすけど」

ということは、仕事がないときにはずっと見張るつもりなのか。今日は非番日なので一日空いている。

「素直に交通捜査課に任せたらいいのに」

「なら帰っても――」

「だからそういうつもりで言ってるんじゃないってば。梶さんと宮台さんを信用できないの」

「信用はしてます。あの二人に任せておけば、いずれひき逃げ犯を……沢野を捕まえるでしょうね」

「ならなんで」

わざわざ私たちが出しゃばる必要があるの？

だが鈴木の答えに、木乃美は言葉を失った。

「みれいちゃんの目の前で、沢野を逮捕させたくないからです」

その考えはなかった。だがたしかに、沢野がひそかに娘と会っていたことを伝えれば、梶と宮台はいまの木乃美たちのようにみれいちゃんをマークするだろう。そして沢野が現れたら、すかさずその身柄を拘束する。それはつまり、娘の目の前で父親を逮捕させるということだ。

　本音を吐露してしまったことを恥じるように、鈴木が視線を逸らす。

「鈴木くん。なんでそこまで？」

「別に。普通じゃないですか。父親はクズかもしれないけど、子供に罪はない。親の業《ごう》を子に背負わせるなんて間違っている。残酷な場面を、子供に見せる必要なんてなくないですか」

「うん……そうだけど」

　言っている内容は正しいし、共感できる。でもだからと言って、普通そこまで肩入れできるものではないし、いちいち肩入れしていたら身が保《も》たない。

　ふてくされたようにそっぽを向く鈴木が、答えをくれる気配はない。

　なんとなく気まずい空気が解消できないまま、一時間ほどが過ぎた。依然、君島邸に動きはない。郵便配達のバイクがやってきて、郵便受けに郵便物を投函《とうかん》して走り去ったぐらいだ。

「鈴木くん。私、ちょっと――」

　ジュースでも買ってくるよ。そう言いかけた木乃美の横を、ふいに小さな影が通り過ぎていった。

　子供だった。みれいちゃんよりも少し大きい。小学校三、四年生といったところだろうか。

パタパタと足音をさせながら走っていた女の子が、君島邸の前で立ち止まり、慣れた様子でインターフォンの呼び出しボタンを押した。

「お友達、かな」

木乃美の発言に反応せず、鈴木はじっと君島邸を見つめている。

ほどなく、玄関からみれいちゃんが出てきた。祖父から気をつけてとでも声をかけられたのか、「わかったー」と大きな声が聞こえる。それから二人は手をつないで歩き出した。

すぐさま鈴木がバイクを押して歩き出す。

え。このまま追いかけるの？

戸惑いながらも、木乃美は鈴木の後に続いた。

二人の女の子は背後を気にする様子もなくどんどん進む。歩いているというより、小走りに近いスピードだ。バイクを押しながら追いかける木乃美はすぐに息が上がり、全身から汗が噴き出してきた。

「なんか、養成訓練時代を思い出すね」

白バイ養成訓練課程で最初にやらされるのが、エンジンを切った状態の白バイを押して長距離を歩く『引き回し』という訓練だ。神奈川県警交通機動隊がメインで使用するCB1300Pは、フル装備だとゆうに三〇〇キロを超える。あのときの腕がプルプル震え、ハンドルをまともに制御できなくなる感覚を、いまになってふたたび味わうとは思いもよらなかった。

鈴木は木乃美を振り返りもせずに黙々とバイクを押している。

なんだよ、愛想笑いでもいいから、ちょっとぐらい反応してくれてもいいじゃん。こっちだって気を遣って話しかけてるっていうのに。そういう気遣いが無用だってきみは言うかもしれないけど、私は同僚とは楽しく仕事したいの。

心の中で愚痴を言っているうちに、みれいちゃんたちも、鈴木の背中すらも遠ざかっていく。

おかしいな。私って、こんなに体力なかったっけ。

だが考えてみれば、交機隊員になってから三年。白バイ養成訓練を受けたのはそれより三年前だから、もう六年も前のことになる。さすがにバイクの扱いには慣れてきたが、基礎体力は落ちているのかもしれない。

限界……かも。

汗が目に染みてぎゅっとまぶたを閉じる。ふたたびまぶたを開いたときに広がる景色が霞《かす》んでいる。汗のせいか、意識が朦朧《もうろう》としているせいかわからない。

木乃美がいまにも足を止めようとしたそのとき、ふいに鈴木の後ろ姿が近づいた。

立ち止まったらしい。

その前方を歩いていた二人の女の子の姿は見えない。

助かった……。

追いついて鈴木の隣に並ぶと、そこは公園の入口だった。公園を覗き込むようにしている鈴木の視線の先には、二人の女の子の後ろ姿がある。公園に入っていったようだ。そこは野球場やバーベキュー広場、ちびっ子動物園に、巨大アスレチックまでも有する広大な公園だった。バイクを押したまま敷地に進入することができず、かといって愛車を置き去りにすることもできずに、鈴木は困っているようだった。

木乃美はやっと休憩できてほっとしている半面、ここまで来て投げ出したくもなかった。乗りかかった船だ。

きょろきょろと周囲を見回す。

二〇メートルほど先に、『P』の文字が見えた。

「鈴木くん。あそこ！」

鈴木が頷き、ふたたびバイクを押し始める。

駐車場にバイクを止め、公園に入った。

すでにみれいちゃんたちの姿は見失っている。広大な敷地を手分けして捜索することにした。

「じゃあ、私はこっちで」

手を上げて歩き出そうとしたとき、「待ってください」と鈴木に呼び止められた。

「で、で、電話番号、教えてください」

恥じらいながらスマートフォンを差し出してくるので一瞬ドキッとしたが、みれいちゃんたちを発見したときに連絡を取り合うためだと理解した。それにしても電話番号を交換するぐらいでこんなに挙動不審になるなんて、この子、本当に不器用なんだ。

二手に分かれて捜索を開始した。舗道を進みながら、左右の緑にも目を凝らす。見失ったとはいえ、バイクを駐車場に止めるまでのほんのわずかな時間だ。子供の足ならそう遠くまでは行けないだろう。だがなにしろ広い上に、目的地の見当もつかない。あちこちから子供の声も聞こえてきて、攪乱されている気分になった。

そうやって広い公園をあてどなくさまよい、四〇分ほど経っただろうか。

ふいにスマートフォンが振動し、木乃美は素早く応答した。自力では到底見つけられない気がしてきて、鈴木からの電話を待ちわびている自分がいた。

「もしもし」

「あ。本田先輩っすか」

「どう？　見つかった？」

「いや。見つかってはいないんですけど、もう……いいです」

予想外の言葉に、頭が真っ白になった。

「もういいって、どういうこと？　みれいちゃんを捜さないの」

「捜さないです。広いし、無理だと思うんで」

意味がわからない。たしかにこの広い公園から一人の少女を見つけるのは困難だと思っていたが、先に音を上げるとすれば自分のほうだ。鈴木がそんなことを言い出すとは、思いもよらなかった。

「なんで？　なんで急にそんなこと言い出すの？」

「さすがに見つけられないと思ったんで」

「いまさらそんなこと言い出すなんて、鈴木くんらしくないよね」

「そうっすかね。そんなことないと思いますけど」

「そんなことあるよ」

責める口調になったせいか、鈴木が黙り込む。

しばらくして聞こえてきた声は、やや開き直った感じだった。

「とにかくもういいです。おれ、ちょっとここらへん散歩してから帰るんで、先に帰っててください。今日はお休みのところをわざわざお付き合いいただき、ありがとうございました」

「ちょっと待って。なにそれ。散歩って――」

おかしいじゃん、と言ったときには、すでに通話は切れていた。

2

通話を切った鈴木景虎は、スマートフォンを機内モードに切り替え、電話がかかってこないようにした。せっかく付き合ってもらった先輩にたいして失礼だとは思うが、上手い言い訳を思いつかないし、思いついたとしてもきちんと伝えられる気がしない。

スマートフォンをポケットにしまい、顔を上げる。

公園内で桜山《さくらやま》と呼ばれる一角だった。ただし五月に入り、日差しに夏の気配も混ざるようになったいまとなっては、桜の木々も青々とした葉を繁《しげ》らせている。

鈴木の視線の先には枝振りも立派な桜の木がそびえていて、その幹には、みれいちゃんが背をもたせかけていた。みれいちゃんと一緒に君島邸を出たはずの、年上の少女の姿はない。

友達の女の子はトイレにでも行っているのだろうか、あるいははぐれてしまったのか。みれいちゃんを見つけたときにはとっさにそんなことを考えたものの、すぐにそうではないと直感した。だからこそ、木乃美に電話をかけて先に帰るよう伝えたのだ。

みれいちゃんはやけにそわそわとした様子で、しきりに周囲を見回していた。落ち着かずに自分の髪を触ったり、もじもじと手遊びをしたりするさまから、恋人と待ち合わせをしている若い女性のような、浮き立った気持ちが伝わってくる。

みれいちゃんは父を待っているのだと、鈴木は確信していた。みれいちゃんを遊びに誘った少女はおそらく、カムフラージュなのだろう。同年代の友達では、子供だけで出かけるのを許してもらえない。だから近所に住む年上の女の子に連れ出してもらったのだ。そのような役割を買って出る、あるいは引き受けるぐらいだから、年上の女の子はとても思いやりのある良い子なのだろう。にもかかわらず、みれいちゃんを置いて立ち去ってしまったのは、沢野が——みれいちゃんのお父さんがすぐに現れるとわかっているからだ。

沢野がここに現れるまで、それほど時間はかからない。

鈴木はみれいちゃんを斜め後方から見守る位置に陣取り、ベンチに腰かけてスマートフォンを取り出した。ときおり指を動かして操作するふりをするが、液晶画面になにが表示されているかなんて見ていない。みれいちゃんに近づこうとする怪しい男がいないか、神経を張り詰めさせていた。

五分が過ぎ、一〇分が過ぎても、沢野らしき人物は現れなかった。

二〇分。三〇分。まだだ。

このころから、みれいちゃんの後ろ姿がしょんぼりとしてきた。肩を落とし、うつむきがちになり、つまらなそうに地面を蹴る動きをしたりしている。

鈴木はもしかして、と思った。

もしかして、沢野に気づかれたのだろうか。娘に会いに来た沢野は、娘を遠くから見張っている男の存在に気づき、その正体を警察官だと見抜いて逃げた。そうなのか。

――いや。

いくらなんでもそれはない。沢野だって暴走族上がりとはいえ、服役した経験があるわけでもなく、警察にたいしてそれほど鼻が利くとも思えない。それに鈴木は沢野の顔を写真で見て知っているが、沢野のほうは鈴木の顔すら知らないのだ。逃げ出したのではなく、まだ現れていない。そう考えるほうが自然だ。

みれいちゃんの寂しげな背中を見ながら、鈴木は不思議な心境に陥った。

沢野に現れてほしい。その願いは変わらない。だがその根拠の部分が、ひき逃げ犯を自分の手で捕らえたいという功名心から、健気《けなげ》に父を待ち続ける娘を落胆させないでほしいという心境に変化しつつあった。

沢野。来てくれ。来てやってくれ。

鈴木の願いも虚しく、ついに一時間が過ぎた。日がかたむき、葉を濃く茂らせた木々から順に暗闇に包まれ始める。みれいちゃんの立っているあたりもかなり暗くなってきた。人通りもほとんどない。

鈴木はやきもきし始めた。幼児を一人残して立ち去れるような時間ではない。かといってここで声をかけてしまえば、警察の存在をみれいちゃんを通じて沢野に知られるかもしれず、今後の沢野逮捕の機会を失ってしまう恐れがある。

とはいえ、そんなことを言っている場合ではない。近所のお姉ちゃんに連れ出されて遊びに出かけたと思っているみれいちゃんの祖父と母親も、そろそろ娘の帰りが遅いと心配し始めるころだろう。

みれいちゃんに声をかけようと立ち上がった、そのときだった。

遠くに人影があるのに、鈴木は気づいた。

みれいちゃんの向こう側、木々が多く、より暗くなっている場所に、人影がたたずんでいる。意図的に暗闇に紛れるように立ち、じっとこちらをうかがっているように見えた。それとも、うかがっているのはみれいちゃんのほうか。

「沢野……?」

そうであってほしい、という思いが口をついた。鈴木は自分が木になったように全身を硬直させ、呼吸をするのも忘れて、亡霊のような人影の挙動をうかがっていた。もしもあれが沢野だとすれば、そして沢野に自分の存在を悟られれば、逃げられてしまう。

人影がうごめき、ざっ、と土を踏む音が聞こえた気がした。探るような足取りで、みれいちゃんに近づいていく。その足取りでわかる。人影はおそらく、みれいちゃんの向こう側にいる鈴木には気づいていない。そしてつまらなそうに手遊びをするみれいちゃんは、近づいてくる人影に気づいていないようだった。

沢野か……沢野なのか。

鈴木は暗闇に目を凝らしてみるが、人影の正体はわからない。

やがて接近する気配に気づいたらしく、みれいちゃんが顔を上げた。

「パパ……?」

「パパじゃないよ」

男の声が答える。

同時に、鈴木の全身から力が抜けた。沢野ではない。

だが即座に、別種の緊張が押し寄せる。

沢野でなければ、あの男は何者だ?

男は言う。

「パパを待ってるの」

　みれいちゃんはどう答えるべきか戸惑っているようだ。

「パパのところへ、連れて行ってあげようか」

「パパのところへ？」

「そう。パパのところ」

　どういうことだ。沢野の代理人？　それとも、適当に話を合わせているだけの、いたずら目的の変質者？

「行こう。パパのところに連れて行ってあげるから」

「でも……」

「さあ。早く」

　男がみれいちゃんの手首をつかんだとき、鈴木は無意識に地面を蹴っていた。みれいちゃんに駆け寄る。

「みれい！」

　振り返ったみれいちゃんが、誰？　という顔をしたが、かまわずに続けた。

「うちの娘になにか用ですか」

　言い終えるころには、男は背を向けて走り出していた。追いかけて捕まえようか迷ったが、みれいちゃんを一人残していくわけにはいかなかった。

「あいつ、やっぱり」

変質者だったか。もしも自分がいなかったらと考えるとぞっとする。遠ざかる後ろ姿を睨みつけていると、下から声がした。

「白バイのお兄ちゃん？」

覚えていてくれたようだ。見上げるみれいちゃんの瞳が、暗闇でもわかるほど輝いている。

「駄目じゃないか。一人でこんなところにいたら」

「ごめんなさい」

みれいちゃんは素直に謝った後で、訊いた。

「お兄ちゃんはなにをしてるの」

「別になにも。みれいちゃんは？　なにをしてたの」

唇を歪めた上目遣いの表情は、この大人を信用していいものか、懸命に見定めようとしているようだった。

「とにかくもう遅い。帰ろう。送ってあげるから」

手を取って歩き出そうとするが、みれいちゃんには躊躇いがあるようだった。この期《ご》に及んで、まだ父が現れるのを期待しているのか。名残惜《なごり》しそうに林の暗がりを見つめている。鈴木は胸の奥がきゅっと締め付けられた。

「どうしたの」

かぶりを振るしぐさが返ってきた。

抵抗する力が弱まり、とぼとぼと歩き出した。

こっちだっけ、こっちでいいの、と確認しながら公園の出口に向かう。みれいちゃんはときおりすれ違う大人の男の顔を確認しているようだった。

「いつも来てるの」

鈴木は訊いた。

スマートフォンなどは所持していないだろうから、公園で父親と面会するには、事前に示し合わせる必要があるはずだ。何曜日の何時ごろとか、あるいは、毎日何時ごろ、とか、頻度はどれぐらいだったのか。

みれいちゃんは答えたくなさそうだ。気まずそうに顔を歪める。

「木乃美ちゃんは元気？」

話を逸らされた。

「元気だよ。さっきまで一緒だった」

本当に、ついさっきまで。追い払ってしまったことへの後ろめたさがこみ上げ、鈴木はひそかに唇を噛む。

「木乃美ちゃん。センドウできるように頑張るって言ったのに」

みれいちゃんの頬が、不服そうに膨らむ。それから彼女は鈴木を見上げた。

「来年はセンドウできるかな」

「さあ。どうかな」

「頑張れって言っといて。みれいが頑張れって言ってたって」

「わかった。言っとく」

鈴木は微笑みで応え、質問した。

「みれいちゃんは、白バイ隊員になりたいの？」

みれいちゃんは少し考える表情をした後で、かぶりを振った。

「もう、なりたくない」

もう、ということは、以前はなりたかったということだ。

「どうして？」

みれいちゃんは無言で顔を横に振るだけだった。

君島邸の玄関前でみれいちゃんと別れ、少し離れた場所から、みれいちゃんが自宅に入るところを見届けた。もしも自分が付き添っていたことが祖父や母親に知られたら、みれいちゃんも、彼女を連れ出す役割を請け負った年上の少女も叱られてしまうだろう。

バイクを取りに駐車場に向かうと、バンディット１２５０Ｓの隣にはＮＣ７５０

Xが止まっていた。木乃美はまだこの近くにいるらしい。

「あの人なにやってんだ。帰れって言ったのに……」

公園の中をさまよっているのだろうか。申し訳なくもあるが、お節介が鬱陶しくもあった。おかげで自分もこのまま帰るわけにはいかないじゃないか。

バンディットの横に立ち、スマートフォンの機内モードを解除する。

木乃美の番号に音声発信をして、鈴木は「ん？」と眉をひそめた。

どこからか振動音が聞こえる。まさかあの人、スマートフォンをバイクに置いていったのか。そう思ってNC750Xのシートに手をかけたところで、「うぉっ」と声を上げて飛びのいた。その勢いのまま、バンディットに激突して倒してしまいそうになる。

NC750Xの向こう側に、木乃美がいた。芝生《しばふ》の縁石に体育座りし、抱えた膝に頭を埋《うず》めている。スマートフォンの振動に気づいたのか、それとも鈴木が上げた声に反応したのか、むくっと顔を上げた。

「な、なにやってんすか」

驚いてしまった恥ずかしさもあり、怒ったような口調になる。

木乃美は目もとをごしごしと擦《こす》り、周囲を見回した。

「あれ。もう暗いね」

すっかり寝ちゃったー、とだらりと語尾をのばしながら、両手を上げてのびをする。

「こんなとこで寝てたんですか」

「だってほかに眠れそうな場所ないし」

「いや。そういう問題じゃなくて。帰っていいって言ったじゃないですか」

「あんな電話の切り方されて帰れないよ」

ぷくっと頬を膨らませて抗議された。やけに幼いしぐさに、この人、本当に先輩だろうかと疑わしくなる。

とはいえ、木乃美の言う通りだ。沢野が現れるかもしれないという興奮と焦りのあまり、一方的に突き放すかたちで電話を切ってしまった。自分が木乃美の立場でも、気になって帰れない。

「すみませんでした」

「別にいいんだけど」

木乃美が立ち上がり、身体の機能をたしかめるように首を回す。

「で、なにがあったの」

「いや。なにも」

反射的に否定してしまい、しまった、と思う。みれいちゃんを見つけた。あの子は間違いなく父親を待っていた。そう正直に話してもいいんじゃないか。なにを意固地になっているんだ。

　だが「本当にぃ？」と横目を向けられても、「ないっすよ、なにも」とむきになってしまい、内心で天を仰いだ。どうしておれは素直になれないんだ。

　それでも、きちんと話しておかないといけないことがあった。

「本田先輩」

「ん？」

「安全運転競技大会、今年はイケそうなんですか」

　木乃美が怪訝そうな顔で首をかしげる。なんでそんなことを訊くの？　と顔に書いてあった。無理もない。毎年秋に茨城県ひたちなか市の自動車安全運転センター安全運転中央研修所で行われる全国白バイ安全運転競技大会。その神奈川県警代表の選考会をかねた中隊内の競技会まで、あと三週間ほどに迫っていた。だが彼女が業務の合間を縫って訓練を重ねているのは知っていても、鈴木はこれまで興味を示したことすらなかった。いまだって興味があるわけじゃない。みれいちゃんのためだ。あの子が、本田先輩に箱根駅伝の先導をしてほしいと願っている。白バイ隊員になるのが夢だったあの子を、いまはもういいと夢を捨てかけているあの子を、失望させないでほしい。あの子にふたたび夢を与えてほしい。

「わかんないけど……」

「そんな頼りないことでどうするんですか」

木乃美がきょとんとする。そんなことを言われるなんて、予想もしていなかったのだろう。鈴木自身も驚いていた。自分の口から出た言葉じゃないみたいだ。

「もっと――」そこまで言って、言葉が喉につっかえた。

「もっと……もっと……」

深く息を吸い込み、ひと息に吐き出した。

「もっとちゃんと頑張ってください」

木乃美のもともと丸い目が、さらにまん丸になった。

鈴木は思わず視線を逸らす。

頬に視線を感じる。どう反応していいのかわからない。ほんの数秒の沈黙が、何分にも感じられた。

「ありがとう！」

大声に驚いて、両肩が跳ね上がる。

木乃美は満面に笑みを浮かべていた。

「ありがとう。私、頑張る！　めちゃめちゃ頑張る！」

ガッツポーズを向けてくる木乃美の勢いに、鈴木は思わず半歩後ずさった。

3

「なにか良いことでもあったのか」

予想もしないタイミングで声が聞こえてきて、木乃美はびくっと身体を震わせた。倒した助手席から、山羽がむくっと起き上がる。

「班長。起きてたんですか」

「当たり前だ。警ら中に寝るわけがないだろう」

「でも、さっきちょっと鼾《いびき》かいてましたよ」

「ただの呼吸音だ。花粉症でこのところ呼吸がしづらい」

本当だろうか。どう聞いても鼾にしか思えなかったし、スギ花粉の飛散は落ち着いたと、この前ニュースで見た気もするが。

ハンドルを操作しながら、ちらりと横目で見やる。山羽は大あくびをしながら自分の肩を揉んでいた。

今日も木乃美は当直勤務に就いていた。いまは覆面パトカーで深夜のパトロール中だ。分駐所を出た後は人工的な海岸線を大雑把になぞるように東へと走って川崎市に入り、突き当たりまで進んで今度は多摩川《たまがわ》沿いを北上しているところだった。

「っていうか、なんでわかったんですか」

闇に浮かび上がる青い光が黄色に変わり、ブレーキを踏み込む。

「なにが」

「良いことがあったって」

さっきそう言われた。寝ていると思っていたのに起きていて驚いたというのもあるが、どうして良いことがあったと見抜かれたのだろうという驚きもあった。

山羽がふっと鼻を鳴らす。

「だっておまえ、鼻歌うたってたじゃないか」

「本当ですか？」

「本当だよ。よく聞き取れなかったけど、こんな感じの曲」

木乃美の鼻歌を再現すべくハミングしてみせるが、お経を唱えているようにしか聞こえない。木乃美は思わず噴き出した。

「なんの歌なのかぜんぜんわからないです」

「なんでわかんない。おかしいな。たしかにこんな感じだったのに」

ふたたびお経が聞こえ始めたので、木乃美は笑いながら手を振った。

「もういいです。やめてください。笑いすぎて事故っちゃうんで」

「失礼な。おまえの鼻歌を忠実に再現しただけなのに。おかげで起こされたんだ」

「やっぱり寝てたんじゃないですか」

「冗談だ。それよりなにがあった」

ふふん、ともったいつける。

信号が青になったので、アクセルペダルに足を乗せながら言った。

「安全運転競技大会、頑張れって」

意味がわからないという顔をした山羽だったが、木乃美が「鈴木くんが」と付け加えると、ほおっと口をすぼめた。

「おまえら、いつの間にそんなに仲良くなった」

「仲良い、わけじゃ……」

頑張れとは言われた。だがまだ打ち解けたとはいえない。あの後仕事で顔を合わせても、とくに距離が縮まった感覚はなかった。

山羽が笑う。

「違うのか。仲が良いわけじゃないのに、頑張れって励まされたわけだ」

そういえばそうだ。あのとき、鈴木はどうして唐突にあんなことを言ったのだろう。

「そこ、左に入るか」

山羽の指示通りにハンドルを操作する。

そのとき、無線の音声が響いた。

『溝口一《みぞのくち》から神奈川本部。現在逃走した速度違反の二輪車を追跡中。当該車両は〈宮ノ下《みやのした》〉の信号を通過し、上作延《かみさくのべ》付近を西に走行中。ナンバーは未確認。ボディーの色は黄色。応援願いたい』

『神奈川本部了解。傍受の通り。付近最寄りのＰＣにあっては、溝口一に集中運用のこと。以上、神奈川本部』

「近いな」

山羽がハンドマイクを手にし、応答した。

「こちら交機一三。現在〈県立高津《たかつ》養護学校前〉を通過。溝口一の応援に向かいます」

報告しながら、左手で赤色灯を屋根に載せる。

サイレンが鳴り始めると同時に、木乃美もアクセルを踏み込んで速度を上げた。

無線をマイクに切り替えた山羽が、前方の車両に警告を与える。

「はい。緊急車両走行しまーす」

前方を走っていたセダンがハザードを焚いて停止する。片側一車線ずつの道路だ。対向車はない。

木乃美は右ウィンカーを点滅させて対向車線に移り、先行車両を抜き去った。左車線に戻ってさらにスピードを上げる。方向転換していなければ、逃走車両と溝口一のパトカーが追跡劇を演じているはずの道と、数百メートル先で交わる。

「先回りは、無理かな」

頭の中で逃走車両との位置関係を計算したらしく、山羽が顔をしかめた。

「いや。でも待ってください。この音……」

木乃美は言った。

溝口一のものと思われるサイレンがかすかに聞こえている。まだかなり遠い。たいする木乃美たちの覆面パトカーは、逃走経路と交わる〈神木《しぼく》本町〉の交差点まであと一〇〇メートルほどだ。溝口一よりは先に交差点に到着できる。

が、甘かった。

目の前の交差点を、猛スピードで黄色いバイクが横切る。逃走車両は追っ手を大きく引き離しているようだ。

木乃美も交差点に進入しながら左にハンドルを切った。

「トライアンフ、スピードフォア！」

山羽が叫んだ呪文のような言葉は、おそらく逃走車両の車種だろう。

「速いんですか？」

「クソ速い！　二五〇は出る！」

なるほど。所轄のパトカーじゃ太刀打《たちう》ちできないわけだ。

とはいえ、この覆面PCだってそんなにスピードは出ないんだけど。

白バイだったら負けないのに——。

木乃美は内心で舌打ちをしながらアクセルを踏み込む。

溝口一の赤色灯は、すでにはるか後方だ。交機隊に追跡を委ねるつもりか。

「ナンバーは見えるか？」

「さすがに遠すぎます！」

せめてもう少し近づけないとどうにもならない。だが沢野のセロー250を追跡したときのような奇跡は、そうそう期待できない。

もう少し……もう少し！

そう思ってアクセルをべた踏みしていると、ふいにスピードフォアのお尻が近づいた気がした。カーブで減速したようだ。

土地勘がない……？

それもあるだろうが、ライディングテクニック自体がそれほどなさそうだ。マシンの能力を持て余しているように見える。

いける……かも？

こっちがスピードを緩めさえしなければ。

スピードの恐怖に打ち克《か》てば。

「あれ……」隣で山羽が呟く。

「なんですか」

木乃美には視線を動かす余裕すらない。いまは時速九〇キロ超。一秒でもよそ見をすれば、その間に二五メートルも進んでしまう計算だ。ぜったいに前方から視線を逸らしてはいけない。

「なんでもない。スピードを緩めるな」

山羽が緊張した声で告げた。

この先は左右に緩やかなカーブが続く。カーブのたびに少しずつ距離を詰めていけば、追いつくのは無理でも、ナンバーを読み取るぐらいはできるかもしれない。

左にカーブ。ほんの少し近づいた。

右にカーブ。また近づいた。

だが二〇〇メートルほど真っ直ぐな道が続き、引き離される。

ゆるやかな右カーブ。交差点。近づく。

ふたたび直進。今度は三五〇メートル。スピードフォアのお尻が少し大きくなる。

「我慢しろ。あと少し……！」

あと少し。

山羽の言わんとすることが木乃美にもわかった。

ここからはカーブの連続だ。およそ一キロの間、真っ直ぐな道はほとんどなくなる。

片方ずつ手の力を緩め、ハンドルを握り直した。

勝負!

左カーブ。さらに左カーブ。法定速度内での通常走行ならなんということのない角度だが、すでに時速一〇〇キロを超えている。息つく間もなく立て続けにカーブが襲いかかってくる感じだし、強烈なGに吹っ飛ばされそうになる。

だが速度は緩めない。おかげでこれまでてもっとも距離が詰まった。その差は五〇メートルほどだろうか。まだナンバーまでは読み取れない。

右カーブ。さらに距離を詰めたが、まだだ。

二〇〇メートル近い直進で、少し引き離される。

しかし次の左カーブは大きい。およそ一三五度。しかもすぐに右カーブがやってくる。アシストグリップを握っていた山羽が、左半身をドアにぶつける音がした。

大丈夫ですか、と問うような時間はない。緩やかに続く左カーブの道から弾き飛ばされないように奥歯を噛み締め、ハンドルをしっかりと制御する。

だいぶ近づいた。あとおよそ三〇メートル。

左カーブの終点はすぐに右カーブへとつながる。それも、これまでもっとも深い約一〇〇度のカーブ。ガードレールが進路を塞いでいるような錯覚に陥り、思わずアクセルから足を離しそうになる。実際にスピードフォアはアクセルを緩めたようだ。ぐん、とスピードフォアのお尻が迫ってくるように見えた。

あと少し。もう少し。

限界まで我慢する。

スピードフォアまであと一〇メートル。

見えた！　ナンバーが！

同時に迫ってくる右カーブに対応しようとハンドルを切る。急ハンドルに耐えられなくなった車体が左に激しく揺さぶられる。ガードレールが迫ってくる。ここで恐怖のあまりブレーキを踏んではいけない。後輪が完全にロックし、ガードレールに激突する恐れがある。ハンドルの角度をキープし、アクセルを踏み込む。思わず目を閉じそうになり、自分を叱咤する。運を天に任せるんじゃない。自分の意思で、自分の力でつかみ取るんだ。ガードレールは目の前だ。おそらく木乃美の腰ほどの高さしかないガードレールが、巨大な壁のように感じられる。息が詰まる。身体が硬直する。

危ない！

いよいよ駄目かと思ったが、すんでのところでガードレールへの激突を回避し、トップスピードを保ったままカーブを抜けた。

ここからは真っ直ぐな道が増えてくる。

スピードフォアからは、すでに三〇メートルほど離されていた。もう無茶して追いかけたりはしない。

「見えたか」

緊張の糸が切れたように、山羽が長い息をつく。

「見えました」

スピードフォアのナンバープレートが、しっかりと網膜に焼き付いている。

文字通り命がけで読み取った数字を伝えると、山羽はそれをスマートフォンに入力した。

すでにスピードフォアは豆粒のようになっている。

これ以上の追跡は無意味だ。木乃美はブレーキペダルに体重をかけ、覆面パトカーを停止させた。

思い出したように全身から汗が噴き出し、脱力する。ハンドルから引き剝がした手の平はぐっしょりと濡れていた。

「よかった」

違反車両のナンバーを記録できてよかった。そしてなにより、死ななくてよかった。

スピードフォアのライダーに逃走を許したのは悔しいが、現状でできる限りのパフォーマンスを発揮できた。そして悪くない結果を出せたと思う。達成感に似た清々しい気持ちだった。

ところが山羽は清々しさとは縁遠い神妙な顔だ。窓に頭をもたせかけるようにして頬杖をつき、じっと一点を見つめている。

「班長。どうしたんですか」

「いや……」

山羽がおもむろに身体を起こそうとしたそのとき、ふたたび無線の音声が聞こえてきた。

『交機一四から神奈川本部。現在速度違反の二輪車を追跡中――』

木乃美ははっとして山羽の顔を見た。

交機一四は交通機動隊所有の覆面パトカーのコールサイン、そしてスピーカーから聞こえてくる声は、元口のものだった。

4

川崎競馬場にほど近いコンビニエンスストアの駐車場には覆面パトカーが止まっており、そのそばでは元口と潤が立ち話していた。

木乃美の運転する覆面パトカーが駐車場に乗り入れると、こちらを向いた二人が眩しそうに手をかざす。ヘッドライトの光が逸れ、運転席の木乃美が目に入ったようだ。潤が軽く手を上げ、来ましたよという感じに元口の肩をちょんちょんとつついた。

空いている枠に駐車し、木乃美と山羽は車をおりる。

「お疲れーっす」

二人に歩み寄りながら、元口が自分の覆面パトカーの向こう側を顎でしゃくった。

前を歩く山羽がその場所を覗き込み、驚いたように仰《の》け反《ぞ》る。それから、信じられないという顔で元口を振り返った。

「どうしたんですか」

木乃美も覗き込んでみる。

そこには、大型バイクが止まっていた。

「ＢＭか」

山羽が言い、潤が苦笑する。

「ええ。信じられませんよね」

「ＢＭって？」

木乃美がきょろきょろしていると、元口があきれたように言った。

「嘘だろ。いくら本田でもＢＭぐらい知ってるだろう。ＢＭＷ」

「ＢＭＷ？」

あのＢＭＷだろうか。ドイツの高級車メーカーの。「ＢＭＷって、バイクも出してるんですか」

「ああ。Ｋ１６００ＧＴＬ。新車だったら三百万円以上だ」

山羽の説明に、濁点まじりの声が漏れた。

「ざん、びゃぐ、まん……」

下手に触れると傷つけてしまいそうな気がして、思わず遠巻きにしてしまう。周囲を歩きながら観察すると、たしかに、ボディー側面にあの見慣れたエンブレムを発見した。

山羽と元口が話すのが聞こえる。

「ＢＭを置き去りにして逃げたのか」

「そうなんです。細い道に逃げ込まれて、姿は見失ったんだけど、川崎の耳を頼りに追跡を続行しました」

そう。覆面パトカーに追われていた違反車両のライダーが、バイクを乗り捨てて逃走したという報告は、すでに無線で受けていた。その乗り捨てられたバイクが三百万円以上もする高級車であったことに、山羽は驚いているのだ。

逃げる二輪車対追う四輪車という組み合わせならば小回りの利く二輪車が圧倒的に有利だ。細い道に逃げ込んでしまえばいい。

だが追う側が潤だったら、話は変わってくる。かりに逃走車両の姿が見えなくなっても、潤にはすぐれた耳がある。普通の警察官なら諦めてしまうような状況でも、潤ならば逃走車両の排気音を聞き分け、だいたいの場所と速度、進行方向の見当をつけることができるのだ。逃げる側にしてみれば、行く先々に追っ手が先回りしてきて、心を読まれているかのように思えるはずだ。

とはいえ、こんな高級車を乗り捨てて逃げるなんて。

潤が言う。

「途中で排気音が聞こえなくなったから、おかしいなと思ったんです。ここらへん大型トラックとかも多いから、そのせいかと思って注意深く聞いてみたけど、やっぱりＢＭの排気音はなくなっていました」

「最後に排気音が聞こえたあたりまで行ってみようってことで、川崎に案内してもらいながら走ってたら、そこの裏道にこいつが」

元口が親指を立ててＢＭＷを示した。

「エンジンを切った状態でキーも抜かずに放置してあって、危ないのでここまで運んできました」

潤が見えないバイクのハンドルを握る。

山羽がＢＭＷを観察しながら言った。

「ナンバー照会は」

潤がスマートフォンを取り出し、情報を読み上げる。

「東京都大田《おおた》区東六郷《ひがしろくごう》二丁目一五番二二号。樋口紀彦《ひぐちのりひこ》。三十二歳」

「東京か」

山羽はＢＭＷのメーターパネルのあたりを触っている。

「おかしくないですか」

木乃美は首をひねった。

「なにが……ってか、おかしいところだらけだけどな」

元口が笑いながら言う。

「東六郷二丁目って、多摩川を渡ってすぐそこですよ。自分ちまで逃げ切ろうと思えば、そんなに難しくないはずなのに」

「逃げ切ったところでナンバー控えられてたら意味ないけどな。っていうか、だからってBM乗り捨てて逃げるとか意味わかんね。かなりのスピードでぶっ飛ばしてたし、ライダーはまともじゃないぞ。したたか酔っ払ってるか、変なクスリでもやってたのかね」

「いや。違う」

山羽が即答し、その場にいた全員が振り向く。

「ライダーはおそらく酔っ払ってないし、クスリをやってもいない。精神状態もいたってまともだ。バイクを乗り捨てて逃げるのは、ライダーにとって法の網を逃れる最善手だった」

「最善……ですか」

木乃美が言い、山羽が頷く。「そう。最善」

発言の真意を図ろうとする沈黙がおりた。山羽以外の一同が、必死に答えを探す。だがわからない。元口が焦れたように口を開いた。

「その場では逃げ切っても、バイクなんか乗り捨てたらいずれ身元が割れるじゃないですか。しかもBMをほったらかして逃げるなんて」

「割れない」

山羽は断言した。

「え。でも……」

「考えろ、元口。バイクを乗り捨てても身元は割れない」

山羽はそう言って、ＢＭＷのキーシリンダーからキーを抜き取った。真っ直ぐに腕をのばし、一人ひとりの部下に見えるようキーを突きつけてくる。これがヒントだと言いたいようだ。

「あっ！」と最初に声を上げたのは潤だった。

山羽が答えを求める目で潤を見る。

「そのキー……」

そうだ、という感じに山羽が頷いた。

すると「そういうことか！」と今度は元口が両手を打つ。

「たしかにそのキーは」

そうですよね、そういうこと、という感じの目配せが、元口と山羽の間で交わされる。

最後に、木乃美の目の前にキーが突きつけられた。

「キー……？」

「キーだ」

「キーだよ」

元口と潤が口々に言う。

「キー……」

あと五センチというところまで顔を近づけて観察してみたが、不審な点はなに一つ見つからない。ただ木乃美の二つの黒目が中心に寄っただけだった。

5

「窃盗団……」

山羽の推理を聞いて、さすがの宮台も驚きを顕わにした。

「そう。窃盗団」

山羽が頷き、梶が合点がいったという顔になる。

「なるほど。だからバイクを乗り捨てて逃げたのか。自分のものではないから、ナンバー照会されたところで足はつかない。本来のオーナーが判明するだけだ」

「本来のオーナーには？」

宮台が言い、元口が頷く。

「さっき会ってきました。大田区在住の会社員です。ホリデーライダーみたいで、自分のバイクが盗まれたことにも気づいてなかったらしく、相当驚いてました」

「オーナーさんはキーをどこで複製されたのか、見当もつかないと話していました」

潤の言葉を聞きながら、木乃美は頰が熱くなるのを感じた。

山羽がＢＭＷから抜き取ったキー。黒いヘッドから銀色のブレードが突き出た、なんの変哲もない、よく見るタイプのキーだと思ったが、なんの変哲もない、という印象こそが文字通り『鍵』だったようだ。Ｋ１６００ＧＴＬのメーカー純正キーならば、ヘッドの部分に例のエンブレムが入っているものらしい。つまりＢＭＷのキーは、複製されたものである可能性が高い。すなわちＢＭＷは盗難車という推理が成り立ち、バイクを乗り捨てて逃げるというライダーの行動にも説明がつく、というわけだ。目の前に突きつけられたキーを穴が開くほど見つめてみたが、寄り目になった顔を笑われただけで、説明されるまでその意味がまったく理解できなかった。

ＢＭＷ発見から二日後のみなとみらい分駐所だった。事務所にはＡ分隊のメンバーのほか、山羽から呼ばれた梶と宮台がいる。

「捜査三課に問い合わせてみたところ、このところ県内でバイクの窃盗が相次いでいるらしい。ここ三か月で、何件だっけ」

山羽が潤を振り返る。

「届け出が四十六件です。警視庁のほうにも問い合わせてみたところ、同様の報告が多数挙がっているそうです。捜査三課としても組織的な大規模窃盗団が存在すると考えているものの、まったく捜査の糸口をつかめていないないのが現状だとか」

「しかもその四十六件の中には、スズキGSX－S1000F、ヤマハXJR1200R、ヤマハFJR1300も含まれていました」

元口は太い人差し指を立て、とっておきの秘密を打ち明ける口調だ。

梶が驚きに目を見開く。

「その三台は、例の動画の……！」

「あの速度違反の動画のバイクは、すべて盗難車だったということか」

宮台の細めた目が、きらりと光った気がした。

「もちろん、ただの偶然の一致という可能性はある。だが」

そこで山羽は言いよどんだ。

「だが……？」

宮台に促され、続ける。

「BMWと同じ日におれたちが追跡した速度違反のトライアンフ・スピードフォア」

「ああ。それも結局、盗難車だったんですよね」

元口が説明を求めるように木乃美を見た。

「そうです。読み取ったナンバーを照会して、翌日オーナーさんのもとを訪ねたんですけど、オーナーさんは眠っている間にバイクを盗まれたとおっしゃっていました」

あらためて悔しさがこみ上げる。

ナンバーを読み取ったぐらいで満足してはいけなかったのだ。なんとしても食い下がって捕まえるべきだった。

もっとも、あれ以上無茶をすれば大事故につながり、逃走車両のライダーにしろ、木乃美や山羽にしろ、あるいは無関係の通行人や対向車にしろ、誰かの命が失われた可能性があることも、木乃美にはわかっていた。あの状況であれ以上は無理だ。それでもなにか打つ手があったのではないかと考えてしまう。

自らの記憶をたしかめるようにじっと一点を見つめていた山羽が、おもむろに口を開く。

「あのスピードフォアのライダーは、おそらく沢野だ」

「本当ですか」

あまりに驚いて言葉を消化するのに時間がかかったのか、梶の反応はワンテンポ遅れていた。

「確信はあるんですか」

宮台も動揺している様子だが、あくまで慎重だ。

山羽はゆっくりと頷いた。

「沢野の走りは実際に見ている。コーナーでのラインの取り方が特徴的だった。間違いない」

「そっか。沢野を酒酔いでパクったのは班長と本田でしたね」

元口が記憶を反芻《はんすう》するように虚空を見上げる。

「そのときの走りが三つの動画のうちの一つ——保土ケ谷区を走るGSX－S1000Fに似ているというので、連絡をもらったんだ」

梶は言いながら、なにかに気づいたらしい。はっとしながら山羽を見る。

「ってことは、沢野も窃盗団の一員ってことですよね」

一人だけ会話の輪から離れ、デスクワークに勤《いそ》しんでいる様子だった鈴木の肩がぴくっと動く。

「そうだ」と、元口が興奮気味に声を大きくした。

「スピードフォアも盗難車だったし、班長が沢野の走りに似ていると言った動画のGSX－S1000Fについても、盗難届が出されている」

「班長の印象は間違ってなかったんだ」

そう言って頷く梶は、どこか嬉しそうだ。

「沢野が手を染めていたビジネスって、バイクの窃盗ってことだったんでしょうか」

木乃美が首をかしげ、元口が腕組みをして鼻から息を吐いた。

「状況から考えれば、そういうことになるんだろうな。まったく、なにがビジネスだ。ただの犯罪じゃないか。あきれた野郎だ」

「でも動画のGSX‐S1000Fが、盗難届の出された車両と同一だという証拠はありませんよね」

黙っていられないという感じに、鈴木が顔を上げる。

「証拠はない」山羽は素直に認めた。

「いやでも班長がそう感じたんなら――」

元口が言い終える前に、鈴木は鋭く言葉をかぶせた。

「班長の言うことならなんでも根拠なく信じるんですか」

「なんだと！」

元口は両肩を持ち上げるが、鈴木に怯む様子はない。

「根拠も挙げずに印象だけで犯人を決めつけて、それを無批判に受け入れるのなら、それはもう、ちょっとした宗教でしょう」

「おまえ、新人だからってやさしくしてりゃつけあがりやがって」

「ご配慮ありがとうございます。でもおれにそういった気遣いはいらないんで」

「ふざけんな！　一人前のつもりか！　ひよっこが！」

気色ばむ部下を、山羽は軽く手を上げてたしなめた。

「落ち着け、元口。鈴木の主張はもっともだ」

「だけど言い方ってもんがあるでしょうよ」

ということは、元口も鈴木の主張の内容まで全否定するつもりはないらしい。

「もしも沢野が窃盗団の一味だとすると、いろいろと腑に落ちない点が出てきます」

宮台が落ち着いた調子で指摘した。

「そうだな。沢野は酒酔い運転で免許取り消しになったにもかかわらず、セロー250に乗り続け、ひき逃げ事故を起こしている。おまけにその後も他人のバイクを盗み、暴走行為に及んだ」

山羽が神妙な顔で言い、鈴木が反論する。

「ひき逃げが沢野の仕業だと決まったわけじゃありませんよね」

「あれ、鈴木。おまえ、ずいぶんな変わりようじゃないか」

元口が不思議そうな顔をする。

「別に、なにも」

鈴木は気まずそうに口ごもった。

「いいや。変わった。馬鹿は繰り返すから一生免許再取得できないようにしろとかなんとか、沢野にたいしてかなり手厳しかったぞ」

「そうっすかね」

元口が意地悪そうな微笑を浮かべる。

「まあ、気持ちはわからんでもないけどな。どんな馬鹿だって、誰かにとってはかけがえのない存在なんだ。おまえ、そんなこと想像したこともなかったろ。今回のことでそれがよくわかったろ」

「はい」

珍しく素直に頭を下げられ、元口は面食らった様子だ。鈴木はたぶん、早く話を切り上げたいと思っているのだろう。

「鈴木くんさ」木乃美は口を開いた。「言ったほうがいいんじゃない」

黒目で宮台と梶のほうを示すと、鈴木は一瞬、眉間に皺を寄せた。

「なにをですか」

とぼけないでほしい。木乃美から報告するのは簡単だ。だが、できれば鈴木自身の口で、宮台と梶に告げてほしい。仲間を信頼してほしい。

祈るような気持ちで鈴木の言葉を待った。

鈴木はしばらく、咎めるように木乃美を睨みつけていた。

が、やがてふんぎりをつけるように長い息を吐く。

「沢野の妻によれば、三か月前に別居して以来、娘のみれいちゃんともども沢野とはいっさい接触していないという話でした。ですがおそらく、沢野は妻に内緒で娘と会い続けています」

「本当か」

前のめりになる元口から顔を背けながら、「そんな嘘をついても意味ないでしょう」と鈴木は鼻を鳴らした。

「なんだおめえ！　その態度は！」

「まあ落ち着け」

いきり立つ元口の肩を押さえ、梶が言った。

「根拠は。それこそおまえの印象じゃないだろうな」

「違います」

鈴木は話した。沢野の友人から、沢野が妻と別居後も娘と会っていると聞いたこと。独自にみれいちゃんの行動確認を実施したところ、みれいちゃんが年上の少女に伴われて近所の公園に出かけたこと。ところが公園の中に入るとみれいちゃんは一人になり、同じ場所で一時間以上も誰かを待っているようだったこと。やがて暗くなり、不審者が近づいてきたときに、みれいちゃんが相手に「パパ？」と問いかけたこと。

後半は木乃美も初めて聞く話だった。

「おまえさ」元口の声は震えていた。鈴木の話の途中から真っ赤になっていた顔色は、いまや黒に近くなっている。「なにしてくれちゃってんの」

「交通捜査課のお二人に報告しなかったことについては、謝ります。すみませんでした」

鈴木が梶と宮台のほうを向き、頭を下げた。

「そういうことじゃ……」

元口は声だけでなく、肩まで震えていた。

「そういうことじゃないだろっ！」

鈴木につかみかかろうとする。が、そばにいた梶と山羽が行動を読んでいたかのように、素早く元口の肩や腕をつかんで止めた。

「なに考えてるんだ！　てめえが勝手に動き回ったことで、今後沢野が娘に寄りつかなくなるかもしれねえだろうが！」

「あの日、沢野は現れませんでした」

「てめえが娘を見張ってることに気づいて、逃げたかもしれねえじゃねえか！」

「それはありません。おれはそんなヘマはしない」

「なんでそんなことが言えるんだよ！」

「細心の注意を払っているからです」

「っざけんな！」

「落ち着け元口。いったん頭冷やそう。な」

梶が抱きつくようにしながら、元口を出入り口まで導く。

「ちょっとすみません」

外に行ってきます、という感じの梶の目配せに、山羽が頷いた。

二人が事務所を出て行くと、やけに静かになったような気がした。

鈴木が冷めた息を吐き、気まずさを紛らすように小さく笑う。

「沢野は現れてませんよ。誓ってもいい。そんなヘマはしない」

「元口はそのことで怒ってるんじゃないと思うぞ」

山羽が苦笑する。鈴木には意味がわからないようだが、木乃美には山羽の言いたいことがわかった。元口は独断専行を責めているのではない。鈴木が仲間を信頼してくれなかったことを嘆いていて、新人隊員の信頼に足る存在になりえなかった自らの不甲斐なさに憤っている。公園で手分けしてみれいちゃんを探していて、捜索は諦めるからもう帰っていいと電話をもらったとき、そして公園から戻ってきた鈴木から、なにもなかったと言われたとき、木乃美もまさしく同じ心境だった。

「それにしても妙だな」

宮台が目を細め、こぶしを口にあてる。

「なにがですか」と木乃美は訊いた。

「沢野がバイク窃盗団の一員だとして目的はなんだ」

「それは……お金？」

それ以外になにがあるというのだろう。

「もちろんそれはあるだろう。カネ。暴走族上がりで学歴もカネもコネも特技もない状況から人生を挽回《ばんかい》しようと、沢野はいつも怪しげな儲け話に乗っかっては、失敗を繰り返してきた。沢野の友人たちからも、そう聞かされた。なぜそんなに大金を稼ごうとするのか。分をわきまえて地道に働けば、贅沢《ぜいたく》はできなくてもそれなりに幸せな暮らしができるのに、と」

木乃美は大きく頷いた。まったく馬鹿だ。あんなにかわいい娘さんがいるのに。奥さんだってギリギリまで我慢してくれてたのに。お金なんてなくてもそれでじゅうぶんじゃないか。家族がいれば。

「しかし半面で、沢野は口癖のようにこう言っていたとも聞いた。金持ちになって、家族に楽をさせてやるんだ」

木乃美たちが話を聞いた山崎という男も、似たようなことを言っていた。沢野の娘を想う気持ちだけは本物だと。

「これだけ派手な事件を起こして――いや、起こしたという疑いをかけられて、沢野はなぜ逃げ続ける」

宮台の言葉を頭の中で何度か反芻し、木乃美ははっとなった。

頷きながら話を聞いていた山羽が、口を開く。

「それがもっとも不可解な点だな。沢野は直情的で後先考えずに行動する傾向があるようだから、ひき逃げまではまだ理解できる。事故車両を近隣の駐車場に放置して逃げたことにかんしても、同様だ。人を撥ねて冷静な判断力がなくなり、その場を立ち去ってしまうというのは、沢野に限らず交通事故加害者によくあることだ。だがその後、自宅に帰らずに逃げ続けるという行動には、どうしても違和感がある」

「そう」と宮台が同意する。

「ひき逃げ犯の大半は、良心の呵責《かしゃく》に耐えられず、数日のうちに自首してくる。もちろん、自首せずにいつも通りの生活を送る不届き者も存在するが、そういう場合は警察が犯人の足取りをつかめていないか、捜査の手が自分に迫っているのに犯人が気づいていないかだ。自分が捜査対象になっているのを知った上で、なお逃亡を続けるというひき逃げ犯など、聞いたことがない」

「しかも沢野の場合、警察に追われる身でありながらなお、バイク窃盗を続けている」

「家族を顧みない冷血漢ならばともかく、沢野は妻に内緒で娘に会いに行くような男。欠点だらけだが、情には厚い。娘にすら会えないようないまの状況で、逃亡と窃盗を続けるメリットが見当たらない」

「事故現場から逃走してしまい、引くに引けなくなっているのか……いや、それならばその後窃盗行為に及んだりはしない。わけがわからないな」

お手上げという感じに、山羽が目と目の間を指で揉んだ。

「あの」と木乃美は手を上げた。

宮台の怜悧《れいり》そうな視線がこちらを向く。

「もしかしたら、ですけど、ひき逃げをしたのは沢野さんでないという可能性はないんでしょうか」

「え。じゃあ誰がやったの」

潤が眉をひそめる。

「誰かはわからないけど、客観的な事実は、現場付近に沢野さんのバイクが乗り捨てられていて、被害者の衣類からはそのバイクの塗料などが検出された、ということだけですよね。沢野さんのバイクが被害者と接触したのは間違いないかもしれませんけど、そのバイクのライダーが沢野さんと決まったわけじゃないんじゃ……」

「でもそうなると、なんで沢野は逃げ回ってるの」

「それは、バイク窃盗の件があるからじゃないかな」

「バイク窃盗の罪が明るみに出るのを恐れて、ひき逃げの濡れ衣をかぶったままでいるの」

次第に潤の口調が鋭くなり、責められているような気分になる。

「わかんないよ。ただ思いつきで言っただけなのに」

唇をすぼめてすねてみせると、潤が笑った。

「ごめん。悪かったよ」

「実はその可能性も検討している」

宮台が言った。

「別の人間が沢野のバイクを借りて、あるいは盗んで、ひき逃げを起こし、バイクを放置して逃走したということか」

山羽の質問には、珍しく煮え切らない感じで唇を歪める。

「可能性はあります。なにしろ彼女の指摘通り、沢野への疑いの根拠は状況証拠に過ぎない。とはいえ沢野がひき逃げ犯でないにしても、その後の沢野の行動は説明がつかない。先入観にとらわれてなにか大事なことを見落としているのかもしれません」

「まあ、手っ取り早いのは、沢野の身柄を拘束することなんだが……なかなか難しいな」

山羽が腕組みをし、鼻から息を吐いた。

「おれに、任せてくれませんか」

思い詰めたような表情で、鈴木が切り出した。

「任せるって、なにをだ」

山羽が鈴木を見て軽く首をひねる。

「沢野の娘は、みれいちゃんはおそらくなにか重大な事実を握っている気がします。スタンドプレーに走ったことについては、申し訳ありませんでした。売り言葉に買い言葉で元口さんにはあんなことを言ってしまったけど、沢野におれの存在を勘づかれた可能性だって、実際にはじゅうぶんにありえると思います。おれのミスです。おれに挽回させてください」

「あんた、まだそんなこと言ってんの。根本的に理解できてないじゃん」

潤があきれた様子で顔を歪める。

「駄目ですか」

「駄目に決まってるでしょう」

ねえ、と同意を求められ、木乃美は顎を引いた。とっさに言葉が出てこない。

「なにが駄目なんですか。どうすればおれに挽回させてくれるんですか」

「本当にわかってないね」

「だから、なにがわかっていないのか、ご教授いただけませんか、先輩」

「先輩」を一音一音区切り、明らかに挑発するような口調だ。

潤の顔色がさっと変わった。

「そういうとこだろ！　自分のどこが悪いのかさえ気づけないっていうんなら問題外だ！」

「自分の失点については、いま班長に謝りましたよね」

「謝ってない」

「謝りました」

「いまので謝ったと思ってるなら、お話にならない」

あきれたように両手を広げた潤が、ふたたび味方を求めるような顔でこちらを見た。

木乃美は固まったまま動けない。こういうとき、木乃美にはどっちかについて相手を攻撃するということができない。取り締まりでは罵倒《ばとう》してくる違反者にたいして毅然と振る舞うことができるようになったが、それ以外の場面ではどうにも慣れない状況だった。

そのとき、ちょうど梶と元口が帰ってきた。

鈴木がつかつかと元口のほうに歩いていく。

「な、なんだよ」

殴られるとでも思ったのか、身構える元口だったが、「先ほどはすみませんでした」と頭を下げられ、拍子抜けしたようだった。

「自分よりも経験豊富でライテクもある先輩にたいする態度ではありませんでした。反省しています。今後はこういうことのないよう気をつけます」

「お、おう……」

そういうことじゃないんだよな。元口はそう言いたげだったが、ここまで下手に出られて矛《ほこ》を収めないわけにもいかないという感じだ。

鈴木は頭を上げるなり山羽を見た。

「これでいいですか」

それにたいして潤が口を開こうとする。明らかに拒絶の言葉を発するような口のすぼめ方だったが、実際に潤が声を発する前に、山羽が宮台に訊ねた。

「どうだろう。うちとしては問題ないから、交通捜査課の邪魔にさえならなければ、鈴木のやりたいようにやらせてみようと思うんだが」

——なんで？　信じらんない。

潤の顔にははっきりそう書いてあったが、相手は山羽だ。表だって楯突くことはしない。

宮台は山羽の提案を受け流すように、梶を見た。

「判断はおまえに任せる。交機の助けを借りたいと言い出したのはおまえだ」

「どういう話なのか流れが見えないが」梶は戸惑ったように山羽や鈴木たちの顔を見てから続ける。「なんにしろ班長がゴーサインを出したのなら、おれは反対するつもりはないが」

「そういうことです」

宮台が山羽のほうを向いた。

鈴木が勢いよく頭を下げる。

「ありがとうございます！　ぜったいに期待に応えてみせます！」

潤はなにか言いたげに唇を曲げたが、その唇が言葉を発することはなかった。

6

液晶画面の右側から、ワンボックスカーが現れた。

左側に抜けるまで、およそ一秒。六〇キロの制限速度をわずかにオーバーしているが、取り締まるほどの違反ではない。

そしてワンボックスカーと入れ替わるようにして画面の右側から登場するのが、問題のセロー250だ。フライトジャケットにデニムのパンツ、フルフェイスのヘルメット。この映像だけでは、ライダーが沢野かどうか判別できない。セロー250のオーナーが沢野だという先入観を持っていれば、沢野に見えるという程度だ。

セロー250も約一秒で画面左へと走り去った。

その後は無人の道路が映し出され、画面右下のカウンターだけが時間の経過を伝える。被害者である仲村和樹を轢過することになる白いセダンが現れるのは、セロー250が通過してから六分二五秒後のことだ。

白いセダンも、およそ一秒で画面を右から左へと走り抜ける。

宮台健夫は目をぎゅっと閉じ、その後まぶたをぱちぱちと開け閉めしてから、マウスを操作した。

先ほどと同じ映像が再生され、ふたたび画面右からワンボックスカーが現れる。

そのとき、横からのびてきた手が、宮台の前のデスクにプラスチックのカップを置いた。

「ほい。キャラメルフラペチーノのチョコチップ載せ、キャラメルソース多め」

梶だった。

「悪いな」

「本当だぜ。注文が細かくて舌を嚙みそうだ。それにしてもずいぶん甘いのを飲むんだな。おまえ、そんなに甘党だったっけ」

梶が隣のデスクを引く。梶自身もカップを持っているが、いつも通りブラックコーヒーのようだ。

「考え事をするのにはこれがちょうどいい。カフェインで意識が冴《さ》え、たっぷりの糖分が脳の栄養になる」

宮台はストローを口に含み、キャラメルフラペチーノを吸い込んだ。口の中いっぱいに甘みが広がる。水分を摂取しているはずなのに、喉が渇きそうになる味だった。

梶はふうん、と興味なさそうな相槌を打った。

「まあ。いまのとこおれにできるのは使いっ走りぐらいだしな。遠慮なくなんでも申しつけてくれ」

　横浜市中区海岸通《かいがんどおり》二丁目にある神奈川県警本部。その三階にある交通捜査課の執務部屋で、宮台は自分のデスクに向かっている。

「しかしまあ、とんでもない集中力だな。疲れるだろう」

　宮台のデスクに置かれたパソコンの液晶画面を覗き込み、梶はぷくっと頬を膨らませた。

「おもしろいか、それ」

「ああ。おもしろい。長いこと事故調やってると、こういう映像をおかずに白飯が食えるようになる」

「嘘だろ」

「嘘だ」

「なんだよ。ちょっと本気にしたぞ。おまえでも冗談を言うことがあるんだな」

　変なところで感心する梶を視界から外し、マウスを操作する。

「冗談はさておき、どんな案配だ」

　宮台が繰り返し見ているのは、事故現場から二〇〇メートルほど離れた地点に設置された防犯カメラの映像だった。現場周辺に設置されたいくつもの防犯カメラ映像を確認するうちに、この映像がもっとも検証に適していると判断した。

時刻は午前三時一二分から始まっている。セロー250が画面を通過した直後に、被害者とセロー250が接触、その後地面に倒れた被害者を、白いセダンが轢過したと思われた。

「やはりおかしい」

「なにが」

「被害者は白いセダンと接触したとき、道路に横たわっていたと考えられる」

「ああ。セダンと接触する前に、沢野のセローにひき逃げされていたからだろう？」

それのなにがおかしいんだ？　という感じの、梶の表情だった。

「その点に疑いはない。セローの破損したフロントフェンダー部分に使われていた塗料と、被害者の衣類から検出された塗料が一致している。白いセダンと接触する前に、被害者はセローと接触していた」

「それなら、どこが引っかかっている？」

「この映像」

宮台はキャラメルフラペチーノをひと吸いし、映像を最初から再生させた。

夜の道路が映し出された。ほどなく、画面右からワンボックスカーが登場する。

ワンボックスカーが画面中央に達したところで、一時停止させた。

「このワンボックスカーの車長との比較から、画角に収められた道路の全長はおよそ一八メートルと推定される」

「なるほど」梶が頷きで先を促してくる。

「ワンボックスカーが登場し、画面の外に走り去るまでの長さが一秒。つまり秒速一八メートルで、時速に換算すると六四・八キロメートルだ」

「この道路は六〇キロ制限だったな」

「そうだ」

「だとすると四・八キロオーバーか。時間帯を考えると、それぐらいは出しちゃうかな。おれなら見逃すスピードだ」

顎を触りながら画面を見つめていた梶が、その手の動きを止めた。

「なんだ」

宮台が意味深な笑みを浮かべているのに気づいたらしい。

「交機隊に戻りたいか」

先ほどの梶の目は、完全に交通機動隊員のそれだった。

梶が複雑そうな笑みを浮かべる。

「まさか。異動願いを出したのはおれ自身だぞ」

「だが本意ではない」

痛いところを突かれた、という表情が返ってきた。

「もっと走っていたかったよ。けど、これまでだってカミさんには散々心配かけてきたんだ。下の子も来年小学校だし、おれ一人のわがままを通すわけにはいかない」

「相変わらず面倒なシステムにとらわれているな」

「たしかに面倒だが、それ以上の幸福をくれるんだよ、家族ってやつは。おまえもいい年なんだし、そういう話の一つも」

そこまで言って、梶が諦めたように鼻から息を吐いた。「ないか」

どうぞ仕事の話に戻ってくれという感じに、手の平を向けてくる。

宮台は視線を液晶画面に戻した。

「ワンボックスカーと入れ替わるように、セロー250が画面に登場する。ということは、ワンボックスカーとセロー250の差は――」

「一八メートル」

「正解。さすがだな」

「おれだってそれぐらいわかる。それにしても、皮肉でもおまえに褒められるとはな」

「勘違いするな。おれの賛辞は日本の義務教育制度に向けたものだ」

涼しい顔で言って、宮台は続ける。

「セローが登場してから消えるまでの時間も一秒。ということは、この二台はほぼ同じ速度で、一八メートルの車間距離を保ったまま、走行している。カメラが設置されているのが事故現場の二〇〇メートルほど手前だから、このおよそ一一秒後に、セローは被害者に接触することになる」

「まさかそんなことになるとは、予想もしていなかっただろうな」

梶の口調には、不慮の事故に遭遇したライダーへのわずかな同情が滲んでいた。

「おかしいだろう」宮台は言った。

「だからなにが」

「被害者は車道を横断しようとして、セローと接触した。だがセローが現場に到達する一秒前には、ワンボックスカーが現場を通過しているんだ」

じっと虚空を見上げて考えている様子だった梶が、「ああ」と口を半開きにする。

「たしかに妙だな」

「そうだろ」

ワンボックスカーが通過してからセローがやってくるまで、わずか一秒。その一秒の間に、被害者は車道に飛び出したというのか。

「防犯カメラが設置された場所から事故現場までの間に、交差点は……」

梶の話の途中から宮台はかぶりを振っていた。

「現場周辺の地理にかんしては、おまえのほうが詳しいはずだ」

「そうだった。交差点はない。ってことは、セローに先行するワンボックスカーがいなくなることはないんだ」

そう結論づけてから、次なる仮定の検証に移る。

「事故現場までの間に、セローがワンボックスカーを抜き去った可能性はないか」

「この映像で確認する限り、セローが急加速している雰囲気はない。そしてここから事故現場に到達するまでは、六四・八キロを保ったとしても、わずか一一秒」

「だよな。映像で見る限り加速してないんだよな。なにより、かりにセローがワンボックスカーを抜き去った末に被害者と接触したのなら、ワンボックスカーのドライバーが事故を目撃しているはずだ」

梶が顔をしかめ、宮台も頷いた。走行中に背後で発生した事故ならば気づかずに走り去ることもあるだろうが、目の前で事故が起こって気づかないことはありえない。普通は救急や警察に通報するだろうし、そうでなくても、目撃者として名乗り出るだろう。

「たしかにおかしいな。最初はたいして気にしてもいなかったけど、おまえに指摘されてからあらためて見直してみたら、この事故の状況は明らかに不自然だ。だって、ワンボックスカーが走り去って一秒後に車道に飛び出しているってことは、歩行者は目の前をワンボックスカーが通過中にすでに一歩目を踏み出すような感覚でないと、一秒後にやってくるセローと衝突することはできない。いや、被害者も衝突したくてしたわけじゃないんだろうが」

「その通りだ。この現場には不審な点が多すぎる。白いセダン以外の遺留品が発見されなかったのもそうだ」

「交通鑑識の田中さんも言ってたな」

「ああ。セローのフロントフェンダーは塗装も剝がれているのに、被害者の衣類を除いて、路上からは塗膜片の一つすら発見されていない。その後被害者を轢過した白いセダンのものは、数多く発見されているというのに。セローのものと思われるブレーキ痕やスキッド痕もいっさいなかった」

「セローは歩行者と接触しそうになっても、ブレーキすらかけなかったということか」

「なんらかの事情でタイヤ痕が残らないか消えるかしない限り、普通に解釈したらそうなる」

梶が液晶画面を指差した。

「セローがここを通過してから、白いセダンが来るまでに、けっこう時間があるよな」

「六分二五秒だ」

その数字を聞いて、顔をしかめる。

「セローと被害者の接触の後、セローのライダーが現場周辺の遺留品を片付けたのかと思ったが、六分二五秒ではきついか」

「素人《しろうと》だと、一時間あっても痕跡を消し去るのは難しいだろう」

「だよな」

苦いものを飲んだような顔をする梶に、宮台は言った。

「梶。おまえ、捜査一課に仲の良い後輩がいるって言ってたことがあったな」

どうしていまそんな話を？　という顔をした後で、梶が頷く。

「あ、ああ。おれが直接仲が良いというより、本田の同期なんだけど。捜査協力なんかで仕事上の絡みもあるから、けっこう仲良くしてる」

「その人物を紹介してくれないか」

「なんで」と首をひねった後で、宮台の意図に気づいたらしい。梶の顔色がさっと変わった。

5th GEAR

1

「いやいや、失礼。遅うなって大変すみませんでした」

背を丸めて手刀を切りながら事務所に入ってくる坂巻は、いつもながらとても捜査一課の刑事とは思えないたたずまいだった。

「お邪魔します」と、すらりとしたスーツの男が坂巻に続く。捜査一課で坂巻とペアを組む、ベテラン刑事の峯《みね》だ。若々しい峯と老け顔の坂巻は一見すると同年代だが、実際には親子といってもおかしくない年齢差があるらしい。

「遅いぞ。なにやってたんだ、坂巻。仕事サボってパチンコか」

「それとも昼キャバか」

山羽と元口からよってたかっていじられ、嬉しそうに顔をかく。

「勘弁してくださいよ、先輩方。今日は峯さんも一緒なんですから」

だが、同期の木乃美にだけは強気に出てくる。

「たぶんまた風俗ですよ」とからかったら、「そんなわけないやろうが。頼まれたけんいろいろ調べ物してきたったい」とマジギレされた。

「なんで私にだけ怒るのよ」

「うるさい。だいたい、また、ってなんな。また、って。失礼な」

木乃美と坂巻のやりとりに、潤がくすっと笑う。鈴木はひややかな表情をしていたが、来客に茶を淹《い》れるために席を立って給湯室に向かった。

「忙しいところすまない」

梶に言われ、坂巻は恐縮した様子で手を振った。

「気にせんでください。どうせ在庁で事件抱えておらんでしたし」

ねえ、という感じに同意を求められ、峯が頷く。

「それにもしも話に聞いた通りなら、この件はおれたちが引き継ぐことになるわけだしな」

坂巻に会えるよう取り計らってほしいと木乃美のもとに梶から連絡が来たのは、昨日のことだった。明白な証拠はないものの、沢野に容疑が及んでいるひき逃げ事件に、宮台は殺人の疑いを持っているのだという。すぐに山羽に相談し、山羽の計らいでみなとみらい分駐所を面会場所として提供することになったのだった。

「しかし交通捜査課のホームズから直々のご指名を受けるなんて光栄ですわ。おれもついにそこまでになったとですね」

「別に部長の能力を見込んだわけじゃなくて、私の同期で頼みやすかったからじゃない」

木乃美から喜びに水を差されてむっとしながら、坂巻が手帳を取り出した。

「ご連絡をいただいてから、仲村和樹という男について調べてみました。元交際相手への暴行と飲食店店員への恐喝未遂で前科二犯。お察しの通りでした。なかなか香ばしい人物みたいですね」

「仲村和樹って……」

聞き慣れない名前が登場して、元口はやや混乱した様子だ。

「沢野のセロー250がひき逃げした相手だ」

梶の説明に、さらに混乱を深めたようだった。

「えっ。事故被害者ってことですか。なんで坂巻が被害者の素性を調べてるんですか」

そこまで言って、元口は一つの可能性に思い至ったようだった。

「まさか。事故は偶然じゃなかった？」

「そのまさかだよ」梶が頷く。「事故じゃない。殺人の可能性がある。だから本田に頼んで、坂巻に連絡を取ってもらった」

「殺人って、どういうことですか」

潤が怪訝そうな目つきになった。

発言の了解を求めるように周囲を見回し、宮台が口を開く。

「現場の状況がどうにも不可解だった。白いセダンから轢過される前に、被害者とセローが接触したのは明らか。しかし事故現場付近からは、セローの遺留品がまったく発見されていない。ただ、それ自体は不自然なことではない。風や雨などで遺留品が飛ばされたり流されたりするのは珍しくないし、路面の状況によっては、ブレーキ痕やスキッド痕などが残らないこともある」

「ところが白いセダンの遺留品にかんしては、豊富に残っている」

梶が言い、宮台が頷く。

「白いセダンが被害者を轢過したのは、セローの通過から六分二五秒ほど後だ。それだけの短時間で路面のコンディションが大きく変わるとは思えない。だから被害者の衣類からはセローとの接触を示す塗料が検出されているにもかかわらず、遺留品がいっさい見つからないのは、やはりおかしい」

「それが殺人にどうつながるんですか」

元口が目を瞬かせる。

「現場から二〇〇メートル離れた場所に設置された防犯カメラの映像によれば、セローが現場を通過する直前に、ワンボックスカーが現場を通過している。映像を分析したところ、ワンボックスカーが通過するわずか一秒後に、セローが通過。白いセダンが現場を通過するのは、その六分二五秒後」

「一秒、ですか」

潤が不審そうに目を細め、指先で唇に触れる。

「被害者はワンボックスカーの陰に隠れたバイクの接近に気づかなかった、ということですか」

そう言った木乃美のほうを、宮台は向いた。

「はたしてそんなことがあるだろうか。被害者は二十五歳の健康な男性。イヤホンなどで音楽を聴いていたわけでも、スマホで通話するなどして注意散漫になっていたわけでもない」

「そもそも被害者は、スマホを所持していなかったからな」

梶が付け加える。

「それにほら、排気音。かりにバイクが車の陰に隠れていたとしても、排気音は聞こえていたはずだよ。耳の遠いお年寄りならともかく、健康な若い男が気づかないわけない」

潤の指摘はもっともだった。

「そっか。夜中だもんね。排気音が聞こえないことはないか」

「ならなんで、被害者は車道に飛び出したんですかね」

元口の口にした疑問に、山羽が反応する。

「被害者は車道に飛び出して……いない？」

「そうです。さすが班長」

得意げに山羽を指差してから、「なんかいま偉そうでしたね。宮台の推理なのに」と梶は照れ笑いした。

「被害者が車道に飛び出していないって、じゃあどうやって事故に遭うんですか」

木乃美は狐《きつね》につままれたような気持ちだった。

「その場所で撥ねられたんじゃないってことだよ。事故現場とされている場所は、本当は事故現場ではなかった」

潤の言葉に、「そういうことか」と元口が膝を打つ。

「だから遺留品がないんだ。被害者はどこかほかの場所でセローと接触し、負傷した状態で現場まで運ばれてきた。そして路上に放置されたところを、後からやってきた白いセダンに轢かれたんだ」

「その通り」

宮台が唇を引き結ぶ。

種明かしへの高揚が満ちた空間で、木乃美は一人だけ置いてけぼりを食らっていた。

「待って待って。どういうこと？　被害者はほかの場所で事故に遭ったの？　でも、どうやって現場まで運んだの？　まさかバイクに二人乗りで？」

梶がぷっ、と噴き出した。

「撥ねた相手とタンデムなんて、さすがにそれは無理だろ。防犯カメラの映像でも確認できる。セローのライダーは一人だった」

「宮台さんの話をよく思い出してみなよ」

潤に言われ、木乃美は記憶を反芻した。わからない。

「え、と。事故現場には遺留品がなくて――」

「そこじゃなくて、防犯カメラの映像。セローが現場を通過する前に、なにが映っていたって？」

「ワンボックスカー」

――ワンボックスカー？

はっとして潤を見る。

「ワンボックスカー？」

「そう。ワンボックスカー」

全員に意図が伝わったのを確認し、宮台が話を進める。

「別の場所で事故を起こし、負傷した被害者をワンボックスカーに乗せ、現場まで運ぶ。そして被害者を放置し、近隣のコンビニの駐車場にセローを放置して立ち去る。そうすれば、セローと接触した証拠となる遺留品がまったくない現場ができあがる。もっともこれは、状況証拠から筋が通るように組み立てた私の推論に過ぎない」

「だから非公式に捜査一課の人間にコンタクトを取り、力を借りたいと思った……ってわけだ。なんらかのかたちで裏が取れれば、正式な捜査に移ることができる」

梶はそうなると信じて疑わない口ぶりだ。

デスクに尻を載せた山羽が、頰を膨らませて長い息を吐く。

「驚いたな。よくある交通事故のようでいて、そんな背景があったとは」

「まだ推論に過ぎません」

宮台はあくまで慎重だ。

「宮台さんの推理が正しいとすれば、犯人の狙いはなんでしょう」

潤の疑問に答えたのは、給湯室のほうから聞こえる大きな声だった。

「そんなのはっきりしています。沢野に罪を着せることです」

鈴木だった。

鈴木は盆に載せた湯呑みを来客に配りながら言う。

「何者かが沢野のバイクを使って人を撥ね、現場付近にバイクを放置して逃げる。状況的には沢野を疑わざるをえなくなります」

「そのちびっ子捜査官の意見に賛同する」と、宮台が皮肉たっぷりに同意した。

「負傷した被害者を自宅の付近まで運んだのは、第三者の介入を悟らせないためだろう。被害者が日ごろの活動範囲からかけ離れた場所で発見されたら、なぜそんな場所にいたのかと、警察が疑問を持つ可能性がある。いっぽう、被害者の自宅近くで発見されれば、不慮の事故として処理され、深く詮索されることはない。実際に、おれもつい昨日までは単純なひき逃げだと思い込んでいた」

「自分を責めるな。おまえはよくやってる」

梶は宮台を慰めようとしたようだが、そんな気遣いは不要だったらしい。

「言われなくてもそんなことはわかっている」と即答され、苦笑する。

「宮台の推理通りなら、たんなる出会い頭の事故ではない。被害者と加害者にはつながりがある。ということは沢野を追う手がかりが途絶えても、被害者の身辺を調べることで、加害者を特定できるかもしれない」

山羽が言い、その通りですという感じに宮台が肩をすくめる。

「ですから坂巻に頼んで、仲村和樹の身辺調査をお願いしたんです」と梶が言った。

「昨日の今日なのでたいした情報は仕入れられませんでしたが、そいでもなかなかの物件だとわかるでしょう。二十五歳の若さで前科二犯ですけんね」

坂巻が手帳を見せつけるようにひらひらとさせる。

「ほかになにかわかったことは」

宮台が質問する。

「実家の近くにアパートを借りて、アルバイトを転々としながら生計を立てていたようです。両親に話を聞いてきたとですが、アパートの家賃は母親が負担しとったらしいです。なんでそんなことするかというと、実家におったら、ふらふらしとかんでちゃんと働けていう父親と喧嘩ばっかりするからて言うてました。親と喧嘩するくせに、親の経済力をあてにする。ホトケさんを悪く言うのはよくないと思いますが、まあしょうもないドラ息子ですな」

「スマホの話は」

横から峯に促され、「ああ。そうだそうだ」と思い出したようだ。

「両親は息子の交友関係を把握しとらんかったみたいなんで、スマホをお借りできないかと頼んだとですが、仲村の部屋にスマホはなかったそうです。スマホを持っていないというわけではなくて、母親とはよくメッセージのやりとりをしとったらしいので、亡くなったとき、部屋の整理をする際にアパートの部屋のどこかにあるのか捜そうと思って母親が電話をかけてみたが、電源が切られとったとか」

「スマホがなくなってんのか。やっぱきな臭い感じだな」

元口が鼻に皺を寄せた。

「おれらからはいまのところそんな感じです。本格的な捜査は、まだこれからですが」

「いや、一日でここまで調べてくれればじゅうぶんだ。な、宮台」

梶に確認され、宮台が微妙な言葉でねぎらう。

「そうだな。捜一も穀潰しというわけではないらしい」

どう反応したものかと困惑する坂巻と峯に、「たぶん褒められてるぞ」と山羽が笑いかけた。

「ところで、バイク窃盗団の話をうかがったのですが」

峯が話題を変え、坂巻が思い出したような顔になった。

「そうそう。沢野が窃盗団の一味らしいという話は本当ですか」

「確証はないが」と前置きし、山羽がそう思った根拠を説明した。

「なるほど」

峯は神妙な顔で頷く程度だったが、坂巻は「山羽巡査長がそう感じたのなら、間違いないでしょう。沢野はバイク窃盗団の一味です」と断言した。

「あくまで仮定の話ですが、沢野が窃盗団の一味だったとすれば、今回の事故……事件……」

潤はどう呼ぼうか迷った様子だったが、坂巻に「おれらがかかわる以上、もう事件たい」と言われ、「事件」と呼ぶことに決めたらしい。

「事件は、窃盗団内部のいざこざということになるんでしょうか」

宮台が首肯する。

「決めつけは危険だが、そう考えることで筋が通る部分が多いのも事実だ」

「ってことは、被害者も窃盗団内部の人間か、窃盗団に深くかかわっていたか」

元口が表情を引き締める。

「窃盗団内部の仲間割れかもしれないな」

梶の意見に潤も賛同する。

「そうですね。だとすれば被害者の人間関係から、窃盗団につながる糸口が見つかるかも」

「あとは鍵」と木乃美も意見を述べた。

「乗り捨てられたＢＭＷは、スペアキーが作られていたんですよね」

元口が指を鳴らす。

「そうだ。エンジン直結ならともかく、スペアキーを作るなんてそう簡単にできることじゃない」

「もしもそれが常套《じょうとう》手段なら、という前提だが、これまでの盗難の被害者は全員どこかでキーを複製されていることになるな」

宮台は腕組みをし、渋い表情をする。

「単車乗りが出入りして、抵抗なくキーを預ける場所といえば限られています。バイクショップとか修理工場とか、あとはガソリンスタンド……」

潤の挙げた候補から、「ガソリンスタンドじゃないですかね」と選択したのは鈴木だった。

「バイクショップや修理工場だと、客層が限られている気がします。とくにバイクショップなんかだと、客同士の横のつながりが強かったりもするから、立て続けにバイクが盗難に遭うと客の間で噂になるでしょう。その点、ガソリンスタンドなら幅広い客層が訪れるし、利用者の絶対数が多いので、盗難に遭った客が目立つこともありません。給油の際に店員がキーを預かる決まりになっている有人スタンドもあるので、スペアキーの型取りも簡単です。さらにポイントカードを持っていれば住所などの個人情報もわかるし、もし持っていなくても作らせればいい」

「鈴木、悔しいけどめっちゃ納得させられちまったよ。窃盗団の一味が、どこかのガソリンスタンドで働いてるのかもしれない」

顔を歪めながら笑う元口は、本当に悔しそうだ。

「よし。じゃあちょっと情報を整理しよう」

山羽が両手を打ち、注目を集める。

「事故被害者と思われていた仲村和樹は、実際にはどこか別の場所でセロー250によって撥ねられたのを、ワンボックスカーによって現場まで運ばれ、路上に放置された可能性が高い。つまり事故というより、傷害致死、殺人が適用される事件の色合いが強い。ということは、加害者とは事故以前からなんらかの関係性があったのだと推測される。現状、加害者としてもっとも疑わしい存在である沢野の足取りはまったくつかめないが、これが出会い頭の事故ではなく、おそらくそう装われた事件であるのなら、被害者の周辺を探ることで、加害者を浮かび上がらせることができるかもしれない」

坂巻が引き継ぐ。

「そして被害者も加害者も、このところ東京神奈川で発生している連続バイク窃盗にかかわっている可能性がある。すべてのケースがそうかは定かではないものの、乗り捨てられた盗難車はスペアキーが作られとった。もしスペアキーを使って盗むのが窃盗団の常套手段なら、被害者は同じガソリンスタンドを利用しとった可能性がある」

「仲村和樹の身辺調査。それに、バイク窃盗の被害者リストと、各ガソリンスタンドチェーンの顧客リストとの照合……そんな感じか」

梶が宮台に確認する。「悪くない」

「仲村の身辺調査については、おれたちに任せてください」

坂巻が自分の胸をこぶしで叩き、隣で峯も頷く。

「それじゃおれたちは、ガソリンスタンドのほうをあたろう」

梶が宮台に言った。

そして翌日には、被害者の多くが利用していたとされる、都筑《つづき》区のガソリンスタンドを特定したと、梶から連絡があった。

2

左ウィンカーを点滅させながらガソリンスタンドに入ると、赤い帽子に赤いシャツという制服姿の若者が両手で大きく手招きしてきた。

いったん誘導に従って覆面パトカーを停止させた後、運転席のウィンドウをおろして梶が言った。

「すみません。私たち客じゃないんですよ」

身を屈《かが》めてこちらを覗き込むようにしていた若者の顔に疑問符が浮かぶ。だがその疑問符は、懐から取り出した警察手帳を見るや緊張に変わった。

「神奈川県警交通捜査課の梶といいます」

「同じく宮台」という宮台は、ポケットから手帳の一部を覗かせるだけだ。

「店長さんにお話をうかがえませんか」

「ちょ、ちょっと待っててください」

若者が慌てた様子で店舗へと走って行く。その後ろ姿を見つめながら、梶が宮台に訊いた。

「いまのやつはどうだ」

「さあな」

「手帳を見てかなりビビってたようだが」

「誰だってビビる。窃盗団の一員とは限らない」

宮台は周囲を見回した。先ほど誘導してくれた若者を含め、従業員は店舗に三人、外の洗車機のそばに一人。今日は休みの従業員もいるかもしれないので確実に、ではないが、この中に客のバイクの合鍵を作り、個人情報とともに窃盗団に流した人物がいるかもしれない。

若者が戻ってきて、まずは車を邪魔にならないところに移動してくれと言った。指示通りに洗車機のそばの壁際に駐車し、店舗に入る。

店長は井上《いのうえ》という五十代ぐらいの小太りの男だった。黒目をせわしなく動かし、なぜか汗だくでしきりに顔をハンカチで拭っている。話し声も見た目に反して甲高く早口で、神経質そうな印象を受けた。

「お電話でも少しお話ししましたが、このところ東京神奈川を中心にバイクの窃盗が相次いでいます」

来店客用の椅子に座り、梶が切り出した。

「そうですか」

井上は話を聞いているのかいないのか、視線を泳がせてどこか上の空だ。

「チサキちゃん。お茶……」

カウンターの中でつまらなそうに立っている若い女性店員に向けて手を上げる。そして梶と宮台を見て「お茶で、いいですか」と確認してきた。

「いえ。おかまいなく」

梶は遠慮したが、「お茶二つ」と指を二本立てた。

「それで、このところ泥棒が増えてるんですね。気をつけます」

うん、うん、と井上が自分の話に相槌を打つ。どうやら警察が注意喚起のために訪れたとでも誤解しているようだ。

「ええ。気をつけていただきたいのはやまやまなのですが……」

軌道修正しようとした梶の目の前に、どんっ、と音を立ててペットボトルのお茶が置かれた。もう一度、どんっ、と宮台の前にも。

チサキちゃんと呼ばれた若い女性店員が、くるりと背を向けてカウンターに戻っていく。ずいぶんと無愛想な接客だが、店長としては問題視する気もないらしい。

「どうぞ。飲んでください」と勧めてくる。

「バイクの窃盗が相次いでいまして」

梶が仕切り直しても、井上はうんうんうんうんと相槌を重ねて自分のペースに引き込もうとする。

「それは先ほどうかがいました。ですから気をつけます」

「いえ。そういうことではなくて」

うんうんうんうん。

「わかってます。お客さんにもきちんと伝えておきますから。これでいいですか」

「それもお願いしたいのですが、それとは別にですね」

うんうんうんうん。

「わかりました、わかりました。チサキちゃん。どこ行くの？」

井上の視線が二人の刑事を通り越して、店舗の出入り口に向けられた。

けだるそうな顔をしたチサキが、全身で扉に寄りかかるようにしていた。

「外」

「外ってあなた、いまお客さん来てないじゃないの。いや刑事さんたちがお客さんじゃないというわけじゃないんですよ」

井上がよくわからないフォローをしているうちに、チサキは扉を開けて外に出てしまった。

「あ。ちょっと待って。なにやってるの。まーったくもう、時給払ってるんだからそのぶん仕事してもらわないと困るんだけど」

ぶつぶつと口の中で文句を言いながらも、いまこれ以上チサキを叱る気はないらしい。この男がこの店でどう扱われているのか、なんとなく理解できた気がした。

井上がこちらに向き直る。

「泥棒が出るから気をつけろという話でしたよね。はい。はい」

「そうではなくて、バイクの窃盗が相次いでいて」

「うんうんうんうん」

梶と井上の会話がふたたび堂々巡りを始めたとき、宮台はガラス越しに外を見ていた。

店を出るまではいかにもやる気のないアルバイト店員という雰囲気だったチサキが、店を出たとたんにそわそわと早足になり、しきりにこちらを振り返っていた。

あの女……。

チサキの姿を目で追う。だがやがて角度的に見えなくなった。

まずい。いやな予感がした。チサキの消えた方向には、覆面パトカーが駐車してあったはずだ。

宮台は立ち上がった。

「あ。トイレはあそこですよ」

井上の声に適当に手を上げて応え、扉を押して外に出た。

と、次の瞬間、信じられない光景に宮台は目を疑った。

チサキが金属の棒のようなものを、覆面パトカーのタイヤに突き立てている。

「おい！　なにやってる！」

宮台は大声を上げた。

チサキが顔を上げ、近くに止めてあった原付バイクに跨がる。

「待て！」

急いで追いかけたが、チサキがエンジンを始動させるほうが早かった。

宮台がのばした手をすんでのところでかわし、走り出す。

「畜生っ！」

「どうした、宮台！」

梶も店を飛び出してきた。

「窃盗団に情報を流してたのは、たぶんあの女だ！　原チャリで逃げやがった！」

「早く追いかけよう！」

「無理だ！」

「なんで」

宮台はあれを見ろ、と覆面パトカーの前輪を目顔で示した。

言う通りに視線を動かした梶が、ぎょっとして目を見開く。

右前輪からはなにやら金属の棒が突き出ていた。追跡されないよう、ご丁寧にパンクさせていったらしい。

梶が運転席の扉を開け、無線のハンドマイクを手にした。

「神奈川二八から神奈川本部！　器物損壊の現行犯が逃走！　タイヤをパンクさせられて追跡不能のため、応援を願いたい！　逃走車両は白のベスパ！　都筑区茅ケ《ちが》崎南《さきみなみ》四丁目のガソリンスタンドから西に向かって逃走！　運転者は二十代女性！　金色に近い茶髪！　ガソリンスタンドチェーンの赤い帽子と赤い制服を着用！　左目の下にほくろ！　ええと、あとは……右手の指がオイルで汚れていた！　あとは、あとは……」

「梶……」

なにを言ってるんだと、宮台は首をひねる。

逃走車両の外見的特徴は重要な情報だろう。だがほくろや指先の汚れといった細かい情報まで必要だろうか。

交信を終えた梶が、こちらを振り向く。

「こんなこともあろうかと、本田に頼んでおいたんだ。このあたりを警らしておいてくれってな」

「本田……？」

あの丸顔の、愛嬌を具現化したような交機隊員か。

ほどなく、耳障りな周波数を削《そ》ぎ落としたようなやわらかい女の声が応じる。

『交機七八から神奈川二八。至急、そちらに向かいます』

それは紛れもなく、あの本田という交通機動隊員の声だった。

「よし。これで大丈夫」

大丈夫？　なにが？

ガッツポーズを作って頼もしげな梶の「大丈夫」の意味が、宮台にはさっぱり理解できなかった。

3

交差点に面したガソリンスタンドの看板が見えてきた。

速度を緩めて敷地に乗り入れようとしたとき、両手を大きく振りながら梶が走り出てきた。

「こっちは大丈夫だ！　早く行け！」

大声で叫びながら、逃走車両の向かった方角を示す。

木乃美は頷きで応じ、ガソリンスタンドの敷地を斜めに突っ切って車道に出た。

スロットルを開き、ぐんぐん加速する。

逃走車両は白のベスパ。原動機付き自転車だから、六〇キロ以上は出せないはず。

とはいえ応援要請から一分は経過しているから、ガソリンスタンドから一キロは遠ざかることができる。

途中で左右に曲がったのか、それとも真っ直ぐに走ったのか。

どっちだ――。

そのときだった。

『交機七四から交機七八――』無線で呼びかけてきたのは、潤だ。

『いま荏《え》田南《だみなみ》さくら公園あたりにいるけど、逃走車両は見つかった？』

近くにいるらしい。頼もしさに、応答する声も弾んだ。

「見つからない。たぶん方角は間違っていないと思うんだけど」

『そっか。ベスパだよね。荏田南四丁目のほうから原チャリっぽい排気音が聞こえるから、そうじゃないかと思うんだけど。ちょっと行ってみる』

「お願い。私も行く」

潤の耳が捉えているのなら、おそらく間違いない。

木乃美は荏田南四丁目に向けて走り出した。

ほどなく吉報が届く。

『見つけたよ、白のベスパ。追跡に入ります』

ほっ、と息をつくと同時に、全身から余分な力が抜けた。

潤からの報告を聞きながら、ベスパの行方を追った。正直なところ、すぐに決着がつくだろうと高を括っていた部分があったが、意外にも潤は苦戦しているようだった。ベスパが原付の小回りを活《い》かして細い道を逃げ回っているらしい。ベスパとCB1300Pのパワーの差は歴然としているが、そのパワーが、細く曲がり角の多い道では足かせになる。木乃美としても下手に追跡に加わって潤の進路を塞《ふさ》いでしまう結果になりやしないかという危惧から、不用意に近づくことができずにいた。

『やられた！』

　ふいに潤の声がした。

「どうしたの」

『あの女、ベスパ放置して逃げやがった！』

　急いで潤のいる場所に行ってみた。

　中学校の建つ高台の麓に、白いベスパが放置されている。その手前には、潤のCB１３００Pが停車していた。

　木乃美が近づくと、潤は中学校へとのぼる階段を顎でしゃくった。

「たぶん階段をのぼって中学校に向かったんだ」

　階段の途中に赤い布きれのようなものが落ちている。「あれ。あの女が着てた制服だ」

「ってことは、服装が変わっている？」

「そういうことだね。手がかりは二十代の女ってことと、髪の色とほくろと指先の汚れ……って、こんなのほぼ無理ゲーじゃん」

「とにかく、行ってみよう」

　中学校への出入り口はほかにもあるはず。木乃美が右回り、潤が左回りで敷地の外周を捜索することにした。

何度か切り返して方向転換し、発車する。

ちらりとバックミラーに視線を移す。反対方向に走り出した潤の後ろ姿が映っている。

潤がステアリングを倒したらしく、後ろ姿はミラーから消えた。

入れ替わりに、バックミラーを人影が掠《かす》め、木乃美は息を呑んだ。

ブレーキレバーを握らずに、さりげなくミラーを調整するふりをして角度を変える。

女だ。二十代ぐらい。金色に近い茶髪。植え込みの奥からこちらをうかがっているように見える。

白バイが遠ざかって安心したように、女が立ち上がった。

女は胸に英字のプリントされた白いTシャツを着ていた。梶の情報とは異なるが、そもそも赤い制服は脱いでいるはずだ。

歩き出した女を追いかけるようにミラーの角度を変える。

白いベスパに向かう女の右手の指先は、黒く汚れていた。

「潤！　戻って！」

それだけを無線で伝え、ブレーキレバーを握る。いったん左側にハンドルを倒した逆操舵《ぎゃくそうだ》の状態から、右にハンドルを切っていっきに車体を倒し込む。アスファルトの地面が、回転しながら壁のように迫ってくる。ハンドルを戻しながらスロットルを開く。エンジンが獰猛《どうもう》に唸《うな》る。あとはマシンの力に任せれば、一八〇度方向転換している。小さな半径で素早くターンする小道路旋回も、もはやお手の物だ。

走り去ると思った白バイが突然Uターンしてきて焦ったらしく、女が駆け出した。慌ててベスパに跨がり、エンジンをかけようとする。

だが急加速した白バイが到着するまで、ほんの数秒だ。女はバイクでの逃走を諦め、中学校に向かう階段のほうに駆け出した。

木乃美も白バイからおり、女を追いかけた。

「待って！」

そう言われて待ってくれたためしはないのだが、つい口にしてしまう。

女が階段を駆け上がり始めた。木乃美もそれに続く。

女は一段飛ばしで軽やかにのぼる。なにか運動でもやっていたのか、もともと運動神経がいいのか、しなやかなフォームだ。

たいする木乃美の足取りはどすどすと重たい。思い切り太腿を上げ、大きな歩幅で素早く脚を回転させているつもりなのだが、身体がイメージについてこない。思うように前に進まない。じりじりと引き離される。

それにしても長い階段だ。二十段から三十段ぐらいの階段が、踊り場を挟んでもう三ブロック目。見上げる限り、まだ先は続いている。ようやく半分ぐらいだろうか。

完全に息が上がり、脚もほとんど上がらなくなってきた。

そのとき、ぽん、と肩を叩かれた。

「お疲れ」

潤だった。あっという間に木乃美を抜き去り、階段を駆け上がる。

二人の後ろ姿がみるみる遠ざかる。

まず女が階段をのぼりきり、続いて潤の姿が消えた。木乃美が階段をのぼりきったのは、それから二〇秒ほど経ってからだった。

二人の姿は一〇〇メートルほど先の校庭にある。

何秒かだけ両膝に手を置いて呼吸を整え、木乃美はふたたび走り出した。

校庭では体育の授業が行われていたようで、体操服姿の生徒たちがサッカーをしていた。だが闖入者《ちんにゅうしゃ》に呆気にとられ、授業は中断している。

校庭を斜めに横切るようにして、茶髪の女と潤が走る。進路にいる生徒たちは驚いて道を空ける。木乃美を抜き去ったときには風のような速さだと思ったが、そんな潤でもなかなか追いつけない様子だ。茶髪の女との差は縮まっていないように見える。木乃美との差は広がるいっぽうだ。

ふいに、地面に転がっているサッカーボールが目に入った。木乃美は走っている勢いそのままに右脚を振り上げ、振り抜いた。

サッカーなどやったことがない。だがこれがビギナーズラックというものか。ボールは青空に見事な放物線を描き、飛んでいく。ちょうど潤の後ろあたりで弾み、潤の頭上を越えて茶髪の女の後頭部に命中した。

ぎゃっ、という声とともに、茶髪の女が転倒する。

うつ伏せに倒れた女に、潤が背後から飛びついた。

「離せよっ！」

「離すわけないだろ！　おとなしくしろ！」

後ろ手に女を組み伏せながら、ホルダーから取り出した手錠をかける。

「木乃美！　ナイスコントロール！」

潤が振り返り、親指を立てた。

ぱらぱらと拍手が起こり始める。

最初は校庭にいた生徒だけだったが、やがて校舎のほうからも聞こえ始め、最後には全方位からの大歓声になった。「お姉さん、綺麗！」とか「かわいい！」といった声や、指笛を鳴らしたりするお調子者もいる。

茶髪の女を引き立たせながら、潤はひたすら困惑した様子だった。救いを求めるような顔で木乃美を見る。

木乃美は引きつった笑みを浮かべ、遠慮がちに手を振って声援に応えた。

4

「よう。大スター」

引き戸を開いて事務所に入るなり、坂巻がひやかしてくる。

「まあね。サインしてあげよっか」と顎を突き出す木乃美の横で、潤がはにかみながら苦笑した。

「じゃあせっかくなんで、サインしてもらえますか」

坂巻がいそいそとポケットから小さな紙片を取り出す。

木乃美は優雅なしぐさでボールペンを取り出し、顔を歪めた。

「なにこれ。コンビニのレシートじゃん」

元口がわははと豪快な笑い声を上げる。

「だが本当に助かった。危うく光山《みつやま》千咲《ちさき》を取り逃がすところだった。な、宮台」

梶に言われ、宮台が小さく頷く。

「そうだな」

「え。なんだって？」

梶が耳に手を添え、頷きと声を大きくした。

「二人がいなければ、光山千咲を取り逃がしていた。間違いない」

これでもかなり褒められているのだということは、だいたいわかってきた。

木乃美と潤は照れ笑いを交わした。

「それで、どうですか。光山千咲の取り調べは」

山羽は坂巻の後から事務所に入ってきた峯に質問した。

「ああ。ガソリンスタンドに給油に訪れたバイクのキーのスペアを作るための型取りをし、顧客情報と一緒に窃盗団に流していたことを認めた」

「沢野は結局、一味なんですか」

鈴木はまずそのことが気になるようだ。

だが峯はかぶりを振った。

「そこまではわからない。あの女はバイト感覚で参加している、末端も末端らしいからな。沢野だってかかりに窃盗団の一味だとしても末端だろう。互いに存在を知らないのは不思議じゃない。どうやら、一連のバイク窃盗は中国人マフィアが主導しているらしい」

「それは正直、意外でもなんでもないですね。さすがに盗難車を国内じゃ転売できない」

元口が唇を曲げる。

「そうなんですよ。ただ、窃盗行為に及ぶ張本人――いわゆる実行部隊は、ほとんど日本人みたいです。上層部が運営している闇金やら闇カジノやらで首が回らなくなってる連中を使《つこ》うとるらしいんですわ」

坂巻の説明を、峯が引き継ぐ。

「だから合鍵なんだ。普通はバイク窃盗というと何人かでトラックに乗って出かけて、という感じに大がかりになるんだが、このシステムなら一人で済むし、必要な荷物といえばチェーンカッターぐらいなものだ」

「一人で済むということは、逮捕のリスクを負うのも一人だけ、しかもそのリスクを負う一人も、借金をタテに無理やり言うことを聞かせた捨て駒だから、逮捕されても主犯は痛くもかゆくもないという、ようできたシステムです」

坂巻は妙に感心した様子だ。

「そういえば沢野も、借金があるって言ってましたよね」

元口がその場にいた全員の顔を見回す。

「あの速度違反の動画は、盗難車を移送している途中のものってことですか」

鈴木はあえて話題を逸らしたようだった。

「光山は動画のことについては知らんかった。というより、末端だから知らされとらんかったんやろうな」

「ただ、さっき説明したようなシステムだから、実行部隊の人間への信頼はないに等しい」

坂巻と峯が口々に言った。

「監視……ということですか。動画を撮影した目的は」

山羽が目を細める。

「かもしれない、という程度だが」

峯はあまり確信なさそうだったが、山羽のほうは合点がいったという雰囲気だ。

「だからあの走りだったんだ……」

「班長。ライダーが楽しんでないって言ってましたもんね」

木乃美は上司の洞察力に感心しながら言った。

「ああ。やりたくもない窃盗をやらされていたのなら、それも納得だ。スピード違反にかんしても、窃盗に慣れておらず、一刻も早く終わらせたいという思いから、つい飛ばしてしまったのかもしれない」

「映像を見る限り、ほとんど車通りもなかったから、夜中の三時とか四時ぐらいでしょうしね。まあ、車通りがなきゃ飛ばしていいってことにはならないんですけど」

元口は少し同情したようだ。

「動画を撮影した理由と目的はそうだとしても、誰がなんの目的でその動画を拡散したんでしょう」

潤が不可解そうに首をひねる。

「そこまではまだ想像もつかん」と坂巻。

「仲村和樹が内紛の末に殺害されたのなら、リーダーに不満を持つ窃盗団内部の人間が、動画を流出させた可能性はあるよな」

梶が神妙な顔で言った。

「それはまだ憶測の域を出ないが」

宮台は無念そうに唇を嚙む。

「いまのところもっとも確実な情報源は、おれらが取り調べてる光山千咲だけってことやな」

「なんで部長がドヤ顔してんの。光山の勤務するガソリンスタンドを特定したのは梶さんと宮台さんだし、実際に捕まえたのは私と潤なんだからね」

口を尖らせる木乃美に手を振り、坂巻が言う。

「まあ、そう細かいことを言うな。おまえらの功績を認めないわけじゃない。だがおれの落としの技術で、光山が窃盗団に情報を流しとったことを吐かせたのは揺るぎない事実っていうことたい」

「おまえの、落としの技術ねえ」

峯が含み笑いをする。

「窃盗団について、ほかになにかわかったことはないんですか」

木乃美の質問を受けて、坂巻が得意げに話し始めた。

「光山の窓口になっとるのは、光山の中学時代の同級生の松崎《まつざき》という男らしい。住所もわかったけん、いまうちの手の空いとる人間を貼りつかせとる。松崎をつけていれば、いずれやつらの拠点も判明するやろう」

「あとはあれだな、窃盗団のリーダーの名前」

峯に肘で二の腕を小突かれ、坂巻が「ああ」と続ける。

「窃盗団のリーダーは楊《ヤン》という名前らしい。松崎の話の中で、楊さんという名前が頻繁に出てきていたと、光山が言うとった」

「楊……」梶が反応した。

「どうした、梶」

宮台が梶のほうに顔を向ける。

「あの事故だよ。沢野たちが暴走族から足を洗うきっかけになった……」

宮台がああ、という顔になる。

梶が山羽を見た。

「班長は覚えてませんか。八年前、南区で起きた単車と大型トラックの正面衝突。〈縦の木小入口〉の」

「あの事故か」

「あのときの被害者、楊という名前じゃありませんでしたっけ。中国系だということは間違いないと思うんですが」

「楊です」

それまで黙っていた分隊長の吉村が口を開き、全員が振り返る。

「楊博文《ブォウェン》。事故当時は十七歳ぐらいだったと記憶しています」

「やっぱりそうだ。沢野たちは楊の事故死をきっかけに、暴走族から足を洗った。そしていま、沢野にバイクを盗ませている窃盗団のリーダーも楊という名前……これってたんなる偶然でしょうか」

梶が言い、潤が顔をしかめる。

「どうですかね。中国人の苗字って、バリエーションがあまりないじゃないですか。ただ同じ苗字というだけでは、関係あると断定できないと思いますけど」

「梶さん。その事故で亡くなった楊さんは、カーブを曲がりきれずに反対車線に膨らみ、大型トラックと衝突したと言ってましたよね」

木乃美はふと気になったことを訊いた。

「ああ。目撃者がいなかったからはっきりとした速度はわからないが、一〇〇キロ以上は出ていたんじゃないかと言われている」

「目撃者がいないんですか」

「人が歩いているような時間じゃないからな。午前三時とか、それぐらいの時間だったはずだ」

梶が確認するように吉村と山羽を見る。

二人とも頷き、山羽が口を開いた。

「唯一の目撃者は当事者である大型トラックの運転手だが、二台が衝突したのは坂の頂上だった。大型トラックの運転手には、先の見えない道路で目の前に突然バイクが現れ、同時に強い衝撃があったという話だ。速度にかんしては、事故車両の損傷具合から推測される数値でしかない」

「そんな時間に、楊さんはどうしてそんなスピードを出していたんでしょう」

山羽はそんなことを考えたこともなかったという顔だ。

「現場の〈樅の木小入口〉付近の地理環境は、たぶんここにいるほとんどの人がすぐに思い浮かべることができると思います。坂道の頂点がすぐにくだり坂になっていて、坂をのぼりきるまでは対向車線の様子がわかりません。スピードを出すのはかなり怖いはずです。たとえ急いでいたとしても、あそこをスピードを緩めずに走りきるなんて、ちょっと普通じゃありません」

「普通じゃなかったんじゃないか。たとえば酒を飲んでいたとか。どうなんですかね」

元口が山羽たちのほうを見た。

「事故原因が明らかだったから、検視のみで司法解剖は行われていなかったと思うが」

梶が虚空を見上げる。

「いや。でも飲んではいなかったはずだ。たしか友人たちへの聞き込みから、楊が下戸《げこ》だという証言が挙がっていたと記憶している」

山羽の発言に、吉村が頷く。「そうでした。私も覚えています」

「じゃ、クスリ……？」

元口が首をひねる。

こぶしを口にあてて考え込んでいる様子だった宮台が、顔を上げる。

「もしかして、その先入観が問題なのかも」

木乃美も思わず頷く。まさしく同じことを考えていたのだ。

宮台は続ける。

「暴走族だから交通違反しても当たり前、という先入観だ。一般道での異常ともいえる高速走行であれば、普通ならば飲酒や違法薬物などが疑われる。しかし、もしもそれらの摂取が確認されなかった場合、暴走族だから、という理由でそれ以上の原因究明が放棄されたのではないか、とは考えられないか」

「私も、私もそう思いました」木乃美は手を上げて言った。

「あの速度違反の動画に、速度違反してしまうような背景が隠されていたように、楊さんの事故についても、なにか明らかにされていない事情があるんじゃないでしょうか。だっておかしいですよ。暴走族の子たちって、ギャラリーを意識するからこそ、無謀で危険な運転をするものだし」

「なるほど。木乃美の言う通りかもしれない。暴走族だからって夜中の三時、しかも目撃者すらもいないような状況で、あんな見通しの悪い道でスピードを出すのは不自然だ」

潤が腕組みをし、唸り声を上げる。

「それに、沢野さんの仲間の元暴走族の人たち、楊さんの事故でずいぶん深い心の傷を負っている感じでした」

「そうだが、あれだけの事故だ。当然といえば当然じゃないか」

梶が首の後ろを触る。

「私も最初はそう思っていました。親しい友人が事故で亡くなったら、人生観が変わるのも当然だろうなと。でもいま考えてみると、皆さん自分を責めすぎていたように思います。速度違反した上での単独事故です。集団暴走中の危険運転ではありません」

「おれも正直、連中が自分に酔っているように思えて気持ち悪いと思いました」

鈴木はその瞬間を思い出したように、不快そうに顔を歪めた。

「でも自分を責めるような相応の理由があったら？」

木乃美は言った。

「相応の理由って、なんだよ。目撃者もいないんだぞ。おまえいま、暴走族はギャラリーを意識するからこそ無謀な運転をするって言ってたじゃないか」

自分の言ったことを忘れたのかよという感じに、元口がこぶしで殴る真似をする。

「ギャラリー、もしかしていたんじゃないですか」

「いたら通報するだろうし、目撃者として名乗り出るだろうが」

「その場にいなかった、とか」

「なに言ってんだ。その場にいなかったら目撃者になれな……ああっ！」

元口が大声を上げ、何人かがびくっと肩を跳ね上げる。

「そういうことか」

山羽の声が、興奮でわずかに震えている。

「もしも木乃美の推理が当たっているなら、沢野の仲間たちが楊の死に責任を感じるのは当然だ」

潤もなかば呆然《ぼうぜん》としていた。

「どうなんだ、宮台。当時の現場にそれらしき遺留品は」

「いや。当時おれはまだ所轄の刑事課にいた。その事故は担当していない」

梶の責めるような口調に、宮台がゆるゆるとかぶりを振る。

「もう一度、沢野の元暴走族仲間に話を聞いたほうがいいかもしれんですね」

坂巻と峯も頷き合う。

「ってことは、窃盗団のリーダーである楊という男は、八年前の事故で死んだ楊博文の血縁かなにかで、当時のことをネタに、沢野に言うことを聞かせている？」

鈴木は自身の発言の感触をたしかめるような口調だった。

「そこまではわからない。でも、もしも暴走族とか非行少年とかの色眼鏡《いろめがね》で見なければ、楊さんの死はもっと別の可能性が検証されたと思う。それこそ、速度違反の動画を見たときの元口さんが言ったみたいに、最高速アタックとかの」

そう。拡散された速度違反の動画を見たとき、元口は最高速アタックの可能性を指摘した。最高速アタックとは公道でマシンの性能をその限界までどれだけ引き出せるかという度胸試しで、通常は鍵付きのSNSアカウントで友人限定公開されるという。

楊博文の事故原因が実際になんなのかは別としても、条件としては拡散された動画と限りなく近い。少なくともその可能性は検証されるべきだ。

5

駐車場にバイクを止め、鈴木は公園の敷地に入った。

大きな池と野球場の間の道を抜け、緩やかにカーブする舗道を進むと、次第に道の両側の緑が濃くなってくる。そして舗道から緑の地面に入ったとたん、靴の裏にしっとりと濡れた地面のやわらかさを感じる。このあたりはほとんど日差しも入らないため、日向《ひなた》より気温も低いのだろう。ひんやりと空気が冷たい。

子供たちのはしゃぐ声や、ときおり吹く風が起こすさわさわとした葉のざわめきを聞きながらしばらく歩き、木陰に設置されたベンチの端にすとんと腰をおろした。同じベンチの反対側では三十代ぐらいの人妻ふうの女が文庫本を読んでいたが、鈴木が来たのをいやがったのか、すぐに荷物をまとめて立ち去った。不審者だとでも思われたのだろうか。少し不愉快だが、なんら悪さを働いたわけではないので気に病む必要はないと自分に言い聞かせる。

　フライトジャケットのポケットからスマートフォンを取り出し、電子書籍のアプリを開く。読みかけの漫画の昨日まで読んだページが表示された。この公園に通うようになってから読み始めたこの漫画も、もう十六巻に突入した。最初は読み終えるたびに続刊を購入していたが、途中で面倒くさくなって全巻セットで購入したのだった。

　漫画を読みながら、ときおり意識を右前方の桜の木に移す。そこに立っているのは沢野の娘である、みれいちゃんだった。

　鈴木は極力この公園に足を運び、みれいちゃんを見守ることにしていた。当直勤務の日はさすがに無理だが、非番日と週休日には時間が作れるので、三日のうち二日はここに来ていることになる。最初は偶然だと思っていたのだろう。鈴木を見かけるたびに声をかけてくれたみれいちゃんだったが、次第に見張られていると気づいたらしく、こちらを見ようともしなくなった。

　いつまでこんなことをするのだろうと、鈴木は思う。交通捜査課や捜査一課との共同捜査の結果、沢野はバイク窃盗団の一味として活動している可能性が濃厚になった。自らすすんで参加しているわけでもなく、なにやら複雑な事情がありそうだが、すべては自業自得だ。同情する気にもならない。

だが、毎日のように約束を反故《ほご》にされても、健気《けなげ》に父を待ち続けるみれいちゃんのことは、放っておくわけにはいかなかった。彼女と同居する祖父や母親は、彼女が公園に通う本当の目的を知らない。保護者に報告すれば、幼稚園児に一人で公園で過ごさせるような危険を冒させることはなくなるだろう。だがそうすることで、彼女から希望を奪っていいものかという葛藤《かっとう》が、鈴木にはあった。その結果、できる限り公園に通い詰めて遠くから彼女を見守り続けている。さすがにもう沢野が現れるのを期待はしていないし、みれいちゃんにまで敬遠されてしまっては、あまりに不毛な行為だと虚しくなるが。

三〇分ほどが経ち、みれいちゃんがつまらなそうに歩き出した。そろそろご帰還かと、鈴木は肩の荷がおりた気分になる。最初のうちは日暮れまで待ち続けていたみれいちゃんだが、さすがに日が経つごとに公園で過ごす時間が短くなっている。

みれいちゃんはいつも、鈴木の二〇メートルほど前方を右から左へと横切り、アスファルトの舗道に出る。みれいちゃんが視界から消えたタイミングでベンチから立ち上がり、距離を保って家までついていくのが、このところお決まりの流れだった。

漫画を読み続けるふりをしながら、みれいちゃんの挙動を意識する。

あれ、と鈴木は内心で首をかしげた。

みれいちゃんの気配がこちらに近づいている。なにかの間違いだろうか。だがちらりと視線を上げると、間違いなく彼女はこちらに向かっていた。

やがて足音が、すぐそばで止まった。土を踏みしめる運動靴の爪先が見える。

「なんでまたいるの」

鈴木はゆっくりと顔を上げ、なんのことかわからないという感じに唇を曲げた。

「やあ。みれいちゃん。また会ったね」

「どうしてみれいを見張ってるの」

「見張ってない。公園に遊びに来ただけだよ」

「嘘だ」

みれいちゃんが懸命に作ったような怒り顔で威嚇《いかく》してくる。

鈴木は意味もなくスマートフォンをいじりながら言った。

「嘘じゃない。みれいちゃんのほうこそ、なにか見つかっちゃまずいことがあるから、そう思うんじゃないの」

彼女の爪先《つまさき》が一歩、後ずさる。

そのわかりやすさが微笑ましくて、鈴木はふっと息を吐いた。

「毎日、お父さんを待ってたんだよね」

　返事はない。

「お兄ちゃんがいたらお父さんが出てこられないと思うから、お兄ちゃんにいなくなってほしいんだ」

「違うもん」

「お兄ちゃんがお父さんを捕まえようとしていると、そう思っているんだろ」

　みれいちゃんの目を真っ直ぐに見つめる。

　彼女は一瞬怯んだ様子を見せたものの、すぐに強い眼差しで睨み返してきた。

「……パパを捕まえるの」

　その点は、やはり気になってしょうがないようだ。

「悪いことをしてたら捕まえる」

「悪いことしてないもん」

「それならこそこそする必要ないんじゃないかな。悪いことしてないならしてないって、警察に話をすればいい」

「してないもん」

「本当に？」

　問いただすと、みれいちゃんは露骨に目を泳がせた。この子は正直だし、間違いなくなにかを知っている。

鈴木はスマートフォンをポケットにしまう。

「悪いことをしたら謝らなきゃいけないし、もっと悪いことをしたら、刑務所に入らなきゃいけない。自分の好きな人のことは特別扱いしたくなるけど、それってその人のためにならないし、悪いことで傷つけられた人がかわいそうなままでしょう」

「悪いことしてないもん」

みれいちゃんは意地になったようだった。

「みれいちゃんのパパのことじゃないよ。お兄ちゃんのパパのこと」

みれいちゃんがくりくりとした目を見開いた。

胸の奥の古傷がうずくのを、鈴木は感じる。

「お兄ちゃんのパパ、悪いことをしたの」

「したよ。お酒を飲んだまま車を運転して、人を撥ねて逃げたんだ。撥ねられた人は死んじゃった」

父が青い顔で帰宅した夜のことを、いまでもよく覚えている。鈴木は高校一年生で、五人きょうだいの一番下の妹は、まだ一歳にもなっていなかった。けっして豊かではないが、家族仲はよく、幸せな家庭だったと思う。父もやさしかった。だがその夜の父は、酒の臭いとともにただならぬ狂気のようなものを発散していた。人の命を奪った人間というのは、ああも変わるのかと、いまとなっては思う。

「逃げたの……?」

自分の父親と同じだと思ったのか、ことの顚末が気になるようだ。

「うん。逃げた。でも、逃げたところで警察にはすぐにバレちゃうんだよ。何日かしたら警察が家に訪ねてきた。お兄ちゃんのパパは、警察の人に、道を走っていたらいきなり人が飛び出してきて撥ねてしまった、怖くなって逃げ出してすみませんでしたって話してた。お酒は飲んでないって、嘘をついてた。お兄ちゃんは、嘘はいけないことだと思った。だから……」

飲酒運転を警察に告発した。その結果、危険運転致死傷罪が適用され、父は服役することになった。

「お兄ちゃんのパパ、怒らなかったの」

「怒った……ううん。どうだろう。本当は怒ったかもしれないけど、悪いことをしたのはお兄ちゃんのパパのほうだから、怒れなかったんだと思う」

父はすでに出所しているが、いまどこでなにをしているかは知らない。出所後の社会復帰が上手くいかずに夫婦関係が悪化し、両親が離婚したせいだった。自分が壊した。自分のせいで家族がバラバラになった。一番下の妹には、父の記憶がほとんどない。寂しい思いをさせた。その原因を作ったのは自分だ。負い目を感じない日はない。

それでも、鈴木は思うのだ。

「お兄ちゃんは、ぜったいに間違ったことはしていない。家族でも悪いことをしたら悪いって言わなきゃ。だってそうしないと、撥ねられて死んじゃった人がかわいそうだ」

いま気づいた。おれは沢野を逮捕したいというより、この子にずるい大人になってほしくないのだ。自分さえよければ、自分の家族や仲間さえよければ、あとはどうなってもかまわないという大人には、知らない誰かが傷ついても平気という大人には、なってほしくない。

いろいろなことを考え、葛藤しているのだろう。みれいちゃんが眉や頬や唇を小刻みに動かしている。

「お父さんに会ってたんだね」

少しだけ迷うような間があって、みれいちゃんは頷いた。

「お祖父ちゃんやお母さんに怒られるから、近所のさとみお姉ちゃんにお願いして、公園に連れてきてもらってた。あそこで待ってたら、お父さんがいつも会いに来てくれた」

そう言って指差したのは、いつも彼女が背をもたせかけていた桜の木だった。

「どうしてあそこで?」

「お祖父ちゃんちに遊びに来たときに、あそこでお花見をしたことがあったから。お花見の木の下で待っててって」

「それ、いつ言われたの」

沢野は妻と別居後に一度だけ君島家を訪ねているが、妻子には会えずに追い返されているはずだ。

「手紙」

「手紙?」

みれいちゃんはたすき掛けにしていた小さなポシェットを探り、折り畳まれた小さな紙片を取り出した。開いてもガムの包み紙程度の大きさにしかならない紙片には『おはなみのきのしたで　4じ』と書かれている。

「これ、どうやって?」

「朝、幼稚園に出かけるときに、車のそばに落ちてたの。これに挟まってて」

みれいちゃんはふたたびポシェットを開き、今度は小さなバイクの玩具《おもちゃ》を差し出した。どの車種をモデルにしたのかわからないような、ざっくりとしたイメージとしてのバイクだ。

「これと一緒に？」

鈴木はバイクの玩具を人差し指と親指でつまむ。なるほど。祖父も母親もバイクには乗らないようだから、これが落ちていれば父からのメッセージだと伝わりやすいだろう。

「挟まって」

みれいちゃんが表現を訂正する。

「挟まって……？」たしかさっきもそう言っていたが。

みれいちゃんはバイクの玩具を手に取り、前輪の部分を指でつまんだ。

「ここがね、こうやって外れるの」

説明しながら、前輪の部分をボディーから引っこ抜く。

「ね。ここに、紙がこうやって挟まってるから、風で飛んだりしないの」

紙片を挟んで前輪を戻し、発見したときの状況を再現しようとする。

が、鈴木の興味は別のところにあった。

「みれいちゃん。それ、もう一回貸してくれない」

「いいけど」

玩具を受け取り、前輪の部分を取り外してみる。

やっぱり……。

全身に鳥肌が立った。

前輪には差し込み部分がついており、ボディーのほうに穴が開いている。前輪から突き出た差し込み部分の形状が、USBコネクタになっていた。

6

動画の再生が始まってほどなく、梶が身を乗り出した。

「これは……」

元口が言う。

「GSX－S1000F」

ある人物の視点で撮影されたカメラの映像だった。暗い夜道でワンボックスカーをおりるところから始まり、すぐ前にある一戸建てのガレージの駐車スペースに入り、バイクカバーを外したところでの、梶の反応だ。

みなとみらい分駐所だった。例によってA分隊のほか、梶と宮台の交通捜査課、坂巻と峯の捜査一課もいる。

視点人物はポケットを探り、キーを取り出した。

「このキーも純正じゃありません」

潤が指摘する。A分隊がこの動画を見るのは二度目だった。最初に見たときから潤は同じ指摘をしていた。光が乏しく、映像は暗くて不鮮明なのによくわかるなと驚く木乃美に「わかるよ。かたちがぜんぜん違う」と潤は涼しい顔で言った。純正のものだと、キーヘッドに製造メーカーであるスズキのSのマークが入っているらしい。

液晶画面には、キーをシリンダーに差し込もうとする手もとが映っている。手もとが暗いせいか、焦っているのか、何度か失敗した末に成功した。

エンジンを始動させる。

メーターパネルに向けられていたカメラが、ふいに左を向いた。

先ほどまで暗かった一戸建ての窓に、灯《あか》りが点《つ》いている。住人が排気音に気づいたのだろうか。視点人物も同じように感じたらしく、慌てた様子でバイクを急発進させた。

「あーあーあ。乱暴な運転してんな」

映像を見ながら元口があきれている。

やがてバイクは大通りに出て、速度を増した。

ほどなく、宮台の息を呑む気配がする。

山羽が腕組みしながら言った。

「見覚えがあるだろう。拡散された三つの動画のうちの一つ」

「例の動画は、この動画の一部分を切り抜いたものだったんです」

鈴木は複雑そうに唇を曲げた。

「それにしても、さすが山羽巡査長。やっぱりこの動画のライダーは、沢野だったということですよね。娘が持っとったUSBメモリに、この動画が入ってたってことは」

坂巻が同意を求めるように峯を見て、峯がうんうんと頷く。

「それにしてもこれを娘に託した背景には、どんな思いがあったんでしょうな」

沢野が娘にこっそりと渡したバイクの玩具は、実際にはUSBメモリだった。鈴木がみれいちゃんから預かってきたUSBメモリをパソコンにつないでみたところ、バイク窃盗の動かぬ証拠となるこの動画が入ってたのだった。

「犯行の告発……じゃないですかね」

鈴木は鋭い視線を液晶画面に向けたまま言う。

「沢野には犯行グループを抜けられない、なんらかの事情があった。だから自分に万が一のことがあった場合にそなえて、この動画をみれいちゃんに託したんです。みれいちゃんによれば、もしも自分が公園に現れなくなったときには、バイクの玩具を母親に渡すように言われていたそうです。だが子供心に、それが父親との完全な決別になると察していたのでしょう。みれいちゃんはバイクの玩具を母親に渡すことができずに、毎日公園で父親を待ち続けた」

「とことんアホだな。組織に消されるかもしれないと思っていたんだろうが、万が一こんなものの存在が組織にバレたら、娘の身だって危険にさらすことになるっていうのに」

憤懣《ふんまん》やる方ないという感じに、元口が自分の太腿を殴った。

液晶画面の中では、猛スピードで景色が流れている。

梶が興味深そうに顎に手をあてた。

「これは……」

「本牧《ほんもく》のほうです」

元口が言い、「そうだそうだ」と人差し指を立てる。

「もしかして、実行部隊に直接港まで運ばせてたのか」

「そういうことです。輸送コストもほとんどかからないし、本当に悪人ってのは知恵が働きますよね」

景色の流れる速度が遅くなり、ライダーが右ウィンカーを点滅させる。

そして入っていったのは、本牧ふ頭のそばにある倉庫だった。

「ここに輸出前の盗難車が保管されているんだな」

峯は妙に感心した様子だ。

バイクは敷地を走り、コンテナへと近づいていく。

数人の男が歩み寄ってくるのが映った。

「松崎！」と坂巻が反応した。

「松崎って、たしか……」

どこかで聞いた名前だなと頬に手をあてて思い出そうとする木乃美より先に、潤が正解を告げる。

「私たちが逮捕した光山千咲の中学の同級生だよ。光山から合鍵用の型や客の個人情報を受け取る、窃盗団の窓口になっていた男」

「そうだ」

「これが楊じゃないか」

梶がちょうど液晶画面を指差したとき、画面が暗転した。

「動画はここまでなんです」

鈴木がマウスを操作してタイムラインを少し遡り、バイクが倉庫の敷地に乗り入れたあたりから再生した。

画面を凝視していた梶が合図する。

「いまだ！」

鈴木が動画を一時停止させた。

画面に映っているのは、ニットキャップをかぶり、つり目で口ひげをたくわえた男だった。パーカーの上からでもかなり筋肉質な体格なのがわかる。

「この男。八年前の事故で死んだ楊博文によく似ている」

「そうですか」元口はやや疑わしげだ。「でも梶さんは生前の楊と面識があったわけじゃありませんよね。写真でしか、楊の顔を見ていない」

「おそらくそいつは、楊博文の兄の浩然《ハオラン》だ」と峯が手を上げた。

「楊博文には兄がいたんですか」

潤が訊いた。

「ああ。日本で生まれたものの、両親の離婚で中国に渡り、きょうだい離ればなれで暮らしていたらしい。それが最近になって来日しているという話だ」

「たしかな情報なんですか」

鈴木の質問に、坂巻は胸を張って答える。

「捜一を舐めたらいかんぞ。情報網はあちこちに張り巡らせとる。無茶苦茶暴力的でヤバいやつだという評判らしい」

「バイク窃盗団のリーダーが八年前の事故で死んだ楊博文の兄で、実行部隊には楊博文のかつての暴走族仲間である沢野。娘に犯行の様子を撮影した動画の入ったU

SBを託していることから、沢野は不本意ながら犯行に加担させられていると推定される」

山羽が一点を見つめながら情報を整理する。

「ひき逃げはどうなんでしょう。やっぱり沢野ではない？」

潤が意見を求めるように視線を動かす。

「違うだろうな。おそらくは沢野にたいする見せしめ」

山羽の意見に、坂巻が同意する。

「だと思います。こっちの調べでは、ひき逃げされた仲村和樹が窃盗団に加担していたという決定的な証拠までは見つかっていませんが、仲村が多額の借金を抱えていて、ヤバい筋に手を出してしまったと、友人に相談していた事実をつかんでいます。しかも仲村は、借金のカタに運び屋をやらされそうになっていると話していたそうです。話を聞いた友人は、てっきり違法薬物かなにかを運ばされると思っていたそうですが」

「運ばされたのは、クスリじゃなくてバイクだったんだね」

木乃美は言った。

「仲村もいやいや加担させられていたんだな」

山羽の言葉に「進んでバイクを盗んでたやつはおらんでしょうね」と、坂巻は肩をすくめた。

「こういうことじゃないですかね」と鈴木が会話に入ってくる。

「仲村も沢野も窃盗団を抜けたがっていて、実際に抜けたいと楊に申し出た。ところが楊はそれを許さなかった。仲村を殺し、次に抜けるなんて言ったらおまえもこうなるぞと沢野を脅した」

うんうんと頷きながら話を聞く山羽は、おおむね鈴木と同じ見方のようだ。

「沢野はたぶん、いずれ自分も消されると思った。だから自分の犯行の模様を収めた動画をコピーし、ＵＳＢメモリに入れて娘に託した」

「そういえば、あの話はどうなったとですか。最高速アタック」

坂巻が思い出したように言い、宮台と梶が頷き合う。

「沢野の友人たちに話を聞いてきた」

「たしかに、仲間内で最高速アタックをやっていたそうだ。それで、一つ見てほしい動画があります」

「そちらも動画ですか」

茶々を入れる元口を無視して、梶がちょっといいですかと、ノートパソコンを操作する。

開いたのはＳＮＳサービスのログイン画面だった。

「沢野の元暴走族仲間の斎藤から、IDとパスワードを聞いてきた」

ぶつぶつ呟きながら手帳を取り出し、なにやら文字列を入力する。

斎藤という男のIDでログインできたらしい。バイクの写真や、いかにも暴走族といった服装でこちらを睨みつける少年たちの集合写真などが表示される。

「最高速アタックのサークルを開いて……と」

マウスを操作し、クリックすると、バイクのライダー視点の映像が再生された。

「これは……！」

元口が目を剝《む》いて絶句する。

一同が固唾《かたず》を呑んで液晶画面を見つめた。

ライダー視点の映像だった。夜の街をバイクが猛スピードで走っている。それがどのあたりなのか、日ごろ県内を走り回る交通機動隊員にはすぐにわかった。

横浜市南区。このまま真っ直ぐに進めば、〈縦の木小入口〉の信号を通過する。

「映像が残ってたんだ」

鈴木は驚きのあまり感情が抜け落ちたかのようだった。

速度メーターに表示されるスピードが上がっていく。〈縦の木小入口〉を通過するときには、時速一三〇キロをゆうに超えていた。

危ない。危ない。その先には……。

木乃美が心で警告を発したところで、過去が変わるわけではない。

バイクが左カーブを曲がりきれずに中央線を越え、対向車線に侵入する。

その直後、地面から巨大な壁が生えてくるように大型トラックが登場し、思わず顔を逸らした。

「以上です」

梶がそう言っても、しばらく誰も言葉を発しなかった。

重苦しい沈黙を破ったのは、宮台だった。

「この動画は、招待されたアカウントしか見られないものだ。沢野たちはこのクローズドな空間で、最高速アタックの実況を行い、競い合っていた」

「そりゃこんなことやってたら、仲間の死に責任を感じるよな。ってか、実際に責任重大だろこれ」

梶が後頭部をかく。

「楊浩然は弟のアカウントでSNSにログインし、この動画を見た。そして沢野に接触し、沢野をバイク窃盗団に引き入れた」

「一石二鳥というか、いわば実利にもなる復讐《ふくしゅう》なんだよな、これは。楊浩然の、沢野にたいする」

宮台と梶の意見に、木乃美は首をかしげた。

「でも、どうして沢野さんだけが復讐の対象になるんですか」

恨むなら元暴走族仲間全員を恨むべきだろう。沢野だけが復讐の対象になるのには、なにか理由があるのだろうか。

「その答えはわりと簡単だ」

梶が肩をすくめ、宮台が正解を告げる。

「まず一つは、最高速アタックに参加していたほかのメンバーはニックネームで登録しているために、身元の特定が難しい」

「沢野は本名なんですか」

潤が訊いた。

「アルファベット表記だが、本名での登録だった」

もちろん大きな過ちには間違いないが、八年前の罪を掘り返されるとは。

ＳＮＳって怖い。いくつか作ったまま放置しているアカウント、帰ったら削除しようかな。

木乃美がそんなことを考えていると、「もう一つ」と宮台が続けた。

「梶。もう一度動画を」

「はいよ」

梶が動画を再生させる。

先ほどの映像がふたたび流れ始めた。

「このSNSでは、実況中の映像にリアルタイムでコメントできます。コメント欄を」

宮台の指示を受け、梶がマウスを操作する。

映像が左側に圧縮されるようなかたちになり、画面の右側にコメント欄が現れた。

『なかなかやるじゃん』

『コーナリング下手じゃね』

『もっとイケるでしょ』

『もっともっと』

「あっ……」

潤が自分の口を手で覆った。

木乃美も背筋がひんやりと冷たくなる。

コメントしているのはすべて『Katsuhiko Sawano』というアカウントだった。コメントを表示させると、まるで沢野が事故に導いたかのように思えてくる。

宮台が先回りするように言う。

「ほかのメンバーが最高速アタックに挑戦している動画も上がっていたので確認してみたが、沢野だけでなく、ほかのアカウントも同じようなコメントを残していた。

だからとくに沢野に悪意があったというわけではなく、たまたまほかのメンバーがスマホを見られない用事があったか、単純に寝ていたかで、沢野だけがコメントするかたちになったんだろう」

「だが後からこれを見た兄貴には、とてもそうは思えなかった」

梶は沢野に同情しているようだった。

気を取り直すように、坂巻が咳払《せきばら》いをする。

「このUSBは決定的な証拠になります。これがあればガサ状も取れる」

「そうだな。犯行動画のおかげで盗難バイクの保管場所もわかったし、あとはメンバーの所在を確認していっきに叩こう」

峯はこぶしを突き出し、戦闘意欲を顕わにした。

「お手柄だな。鈴木」

「やるじゃないか。鈴木」

山羽と元口から褒められても、鈴木は浮かない顔だ。

「あとはうちと三課で連携してやる。任せておけ」

坂巻が手を出し、USBメモリを渡せと要求する。

鈴木は複雑そうな表情だったが、さすがにこれ以上捜査に参加させろと要求するつもりはないようだ。USBメモリを坂巻の手に載せた。

「お願いします」

「心配すんな。そう遠くないうちに解決してやる」

坂巻に肩を叩かれて苦笑いを浮かべているが、鈴木が心配しているのは事件が解決するかどうかよりも、父親が逮捕されるみれいちゃんのことだろう。

「大丈夫だよ、鈴木くん。あの子は強い子だから」

鈴木の表情は快晴とまではいかないものの、少しは雲が晴れたようだった。

こうして事件は捜査一課の手に委ねられ、A分隊はいつもの業務に戻った。

そのはずだった。

Top GEAR

1

最初に目が覚めたとき、村井《むらい》邦和《くにかず》はトイレに行きたくなったせいかと思った。年をとるとトイレが近くなるというが、このところそれを実感するようになった。必ず夜中にトイレに起きるようになり、朝まで熟睡することがなくなったのだ。

ん……とこちらに背を向けて寝ている妻の肩がわずかに動く。起こしてしまったかと思ったが、ほどなく規則的な呼吸音が聞こえ始めた。余計な心配だったようだ。そういえば関西への出張中、関東圏で震度四の地震発生というニュースを聞き、深夜に電話をかけたことがあった。何度かけても妻が電話に出ることはなく、すわ一大事かと思いきや、地震にも夫からの電話にも気づかずに眠りこけていたということもあった。

布団から抜け出し、ベッドをおりる。なんとも不思議なのは、あまり尿意を感じていないことだった。もしかして、尿意があるのに気づかないだけだろうか。そこまで身体が鈍感になってしまったのだろうか。そんなことを考えながら、足音を殺して階段をおりた。

そしてトイレの扉のノブを握ったとき、なにやらかちゃかちゃという金属音に気づいた。

外から聞こえてくる。家の中からでなくてよかった。だがその方向が問題だ。リビングダイニングの奥にある掃き出し窓の向こう側から聞こえてくるような気がするのだ。そこは駐車スペースになっており、愛車のトヨタ・プリウスとドゥカティSSが止めてある場所だった。とくに買ったばかりのドゥカティSSには思い入れがある。昨年、息子が大学進学で家を出たのを機にようやく購入を許され、晴れてリターンライダーとなるべく購入したマシンだった。

かちゃかちゃ。かちゃかちゃ。

間違いない。音がするのは駐車スペースのほうだ。

村井ははっとなった。この音のせいで目覚めたのかもしれない。

掃き出し窓まで忍び寄り、カーテンをわずかに開いた隙間から外を見る。

思わず息を呑んだ。

プリウスの向こう側に誰かがしゃがみ込んでいる。

そしてそこは、ドゥカティSSを止めてある場所だった。

かっと頭に血がのぼった。

早足で玄関へと向かい、立てかけてあったゴルフバッグからアイアンを抜き取る。サンダルを突っかけて外に出ると、駐車スペースに回り込んだ。

「こらっ！　なにやってる！」

暗がりにしゃがみ込んでいた人影が、びくっと両肩を跳ね上げる。

振り返りながら立ち上がったのは、MA－1のジャケットにジーンズという服装の男だった。頭にはフルフェイスのヘルメットをかぶっているので、年代まではわからない。そしてヘルメットを持参する用意周到さが、村井は許せなかった。盗む気満々じゃないか。おれのバイクを。若いころからの憧れだったドゥカティを。

許さん！

泥棒は両手を上げ、降参の意を示した。足もとにはチェーンをカットするための大きなハサミが落ちていたが、それを武器に戦う気はなさそうだ。

「ごめんなさい」

「ごめんで済むなら警察はいらん！」

近所に聞こえるように、大声で叫んだ。妻は期待できないが、近隣住民が起きて通報したり加勢したりしてくれるかもしれない。

「すみません」

すみません、すみません、と泥棒は両手を上げたまま、背を丸めるようにしてこちらに近づいてきた。

村井はアイアンのグリップを両手で握り締める。ヘルメットをかぶっているので頭への攻撃は効かない。殴るとすれば腹か、脚か。

そのとき、隣の家から男が出てきた。村井より少し若い四十代後半の夫婦と、大学生の姉に高校生の弟という四人家族が住む家だった。

「どうしたんすか」

村井は心底安堵した。村井に声をかけてきたのは、高校生の息子だったからだ。野球の強豪校にスカウトされて入ったという坊主頭のその子は、背も高く体格もがっしりしていた。

「泥棒だよ！　泥棒！　警察呼んでくれ！」

「マジッすか。わ、わかりました」

警察という単語に泥棒が反応したのがわかった。

高校生が背を向け、自宅に入ろうとする。

相手が一人になったいましかないと思ったのか、泥棒が地面を蹴って逃げようとする。

逃がすか！

村井はアイアンを振りかぶり、男のすねを引っかけた。

ゴンッと鈍い音とともに、泥棒がもんどり打って倒れる。たしかな手応え通りに、大きなダメージを与えることに成功したようだ。

泥棒が左のすねを押さえてのたうち回る。

村井はアイアンを振り上げ、二度、三度と力任せに殴りつけた。その拍子になにやら部品のようなものが飛び散る。いったいなんだと思ったら、フルフェイスのヘルメットの口にあたる部分に小型カメラが取り付けられていたようだった。その部品が飛散したのだ。

なんだこいつは！　いったいなにをしようとしていたんだ！

興奮してわけがわからなくなっていたら、背後から羽交《はが》い締《じ》めにされた。

「おじさん！　もういい！　死んじゃうよ！」

はっと我に返ると、泥棒はぐったりとしながらか細い呻《うめ》き声《ごえ》を上げていた。そうしながらも、地面を這うようにして遠ざかろうとする。すさまじい執念だ。

「そんなに捕まるのがいやなら、最初から人のものを盗むな！」

村井は泥棒に駆け寄り、頭からヘルメットを引っこ抜いた。

二十代なかばぐらいだろうか。短髪に細い眉の男だった。言葉にならないような声で、なにごとか呻いている。

「なんだ。なにか言いたいことがあるのか」

武士の情けというより、過剰防衛してしまった後ろめたさがあった。

「みれ……みれい……」

「なんだって？　みれ？　アプリリアRSVのことか」

アプリリアRSVというバイクの通称がミレだ。

だが泥棒はかぶりを振った。

「け……警察……」

「通報するなというのは無理な話だ。どういう事情があるか知らないが——」

そのとき、泥棒に両手で胸ぐらをつかまれた。

「早く警察を呼んでくれ！」

泥棒はなぜか必死の形相でそう叫んだ。

2

沢野克彦の身柄が拘束されたという情報がみなとみらい分駐所に飛び込んできた

のは、もうすぐ午前四時になろうかという時間だった。港北区菊名《こうほくきくな》の住宅街でバイクを盗もうとしたのを、気づいた住人に取り押さえられたらしい。現在坂巻と峯が身柄の引き受けに向かっているという。

「沢野が捕まったって、マジですか」

仮眠室から出てきた元口が、目をこすりながらろれつの怪しい口調で言う。

「ああ。坂巻から連絡があって、例の連中のアジトになっている倉庫に向かってみてほしいということだ。まさか今日沢野が捕まるとは思ってもいなかったから、二人しか行確を張りつけていなかったらしい」

「そうか。沢野はヘルメットに装着したカメラで行動を監視されているはずだから、沢野が拘束された時点で窃盗団の連中は逃亡の用意を始める」

潤はすでに装備をととのえて臨戦態勢だ。

「二人じゃ心許《こころもと》ないですね。早く行かないと」

木乃美も急いで装備を身につけ、外に飛び出した。

ガレージから山羽、元口、潤、木乃美、鈴木の順に出発する。先頭の山羽が車道の左側、二番目の元口が右側、潤が左、木乃美が右、しんがりの鈴木が左と、互い違いの千鳥走行で産業道路を本牧方面へと向かう。

もともとおよそ五キロという道のりだ。夜明け前で道が空いているということもあり、法定速度を守っても十五分ほどで現地に到着した。分駐所を出るころには真っ暗だったのに、現着するときには空全体が暗い青に染まっていた。

件《くだん》の倉庫は産業道路から少し入ったところにある。産業道路では本牧ふ頭から出入りするトラックがひっきりなしに通行し、騒々しいが、そこから少し入れば周辺には民家もなく、かなり静かになる。

A分隊は産業道路沿いに停止し、倉庫の様子をうかがうことにした。ここから見ると大手宅配便業者の配送センターがあり、その奥の死角になった部分に、コンテナを積み上げた窃盗団の倉庫があるはずだった。

宅配便業者の配送センターの敷地のそばの路上に止まっているのが、坂巻の同僚が乗る覆面パトカーだろうか。

『ちょっと待ってろ』

まずは山羽のバイクだけが進み、覆面パトカーの横で停止する。助手席側のウィンドウがおりた。二言、三言会話した後で、無線越しに指示が飛んでくる。

『倉庫の中には五人。リーダーの楊。ナンバー2の王《ワン》。光山千咲から情報を買っていた松崎。そして李《リ》。三課が把握している主要メンバーは揃っているらしい』

『あれ。五人って言ったのに、四人しか名前挙がってなかったような』

元口の指摘に、山羽が笑った。

『すまん。李は双子の兄弟らしい』

『七人対五人で数的には有利ですね。いまのうちに踏み込みますか』

潤の意見に、鈴木が勇んで応じる。

『そうです。このまま手をこまねいていたら逃げられちゃいます。本国に逃亡されたら、もうおれらの手は届きません。行きましょう』

『まあ、焦るな』山羽はそう言ってたしなめたが、

『……と言いたいところだが、川崎と鈴木の言う通りだ。踏み込んで身柄を押さえよう』

山羽を先頭に、倉庫の敷地に乗り込み、停止する。

だだっ広い敷地に川の字になるように、大型コンテナが並べられている。

山羽がエンジンを切ろうしたとき、

『待ってください』と潤が手を軽く上げた。

『どうしたんですか』

鈴木は一刻も早く窃盗団を捕まえたくて焦れているようだ。

『CBR1000RR……ハーレーXL1200X。GS1200SS……』

『マジかあ。なんとなくそんな気がしたんだよな』

元口ががっくりと肩を落とし、鈴木が首をひねる。

『なんですか、いったい』

『あとはニンジャ１０００が二台』

潤が言い終えるのを待って、木乃美は説明した。

『潤には排気音が聞こえてるみたい』

『え。マジッすか』

鈴木が耳を澄ますように、首をかたむけた。

『あれ、たしかにうっすら聞こえる……ってことは』

『単車をおりて乗り込む暇なんかないってことだ』

元口が首を左右にかたむけ、ステアリングを握って身構える。

『飛び出してくるぞ』

山羽が部下に注意をうながす。

潤は背筋をのばし、聴覚に神経を集中させていた。

『左端のコンテナ、手前から二台。奥に三台』

『おれ、元口、川崎が奥の三台。本田と鈴木が手前の二台』

山羽の指示とほぼ同時に、川の字の一番左の棒の上端と下端にあたる部分の扉がぱたん、と倒れるかたちで開いた。

潤の言った通り、手前から二台、奥に三台が飛び出す。

『行くぞ！』

山羽と元口と潤が奥の三台を追って走り出す。

手前の二台は木乃美と鈴木の背後を走り抜け、覆面パトカーの横を通って産業道路へと向かった。

『鈴木くん、行くよ！』

『言われなくてもわかってますよ！』

木乃美と鈴木は小道路旋回をして二台を追いかける。

産業道路に出た逃走車両は右に曲がった。横浜市の中心街に向かう気か。

視界の端に、三台の白バイが遠ざかるのが見える。あちらは郊外に向かうようだ。

『どれが楊なのかな』

全員がフルフェイスのヘルメットを着用していたので、誰が誰だかわからなかった。

『さあ。少なくとも、ＧＳ１２００ＳＳじゃないことはたしかですね』

鈴木が嘲笑する。

『なんで？』

『なんでって、デザインダサくないですか。いかにも昭和って感じで』

『そう、かな』

昭和っぽいデザインというのがよくわからない。

『もしかして本田先輩。どれがGS1200SSかわかってないんですか』

『恥ずかしながら』

はあっ、とあえてため息を無線に乗せてくる。

『前を走っているうちの左側』

『あの赤と黒のペイントで、目がまん丸でかわいいやつ?』

『かわい……』やや納得いかない様子だったが、細かいことはどうでもよくなったようだ。

『そうです。赤黒のかわいいやつです。そして右側を走ってるほうが、CBR1000RR』

『黒の、目つきがきりっとして凛々《りり》しいほうね』

『目つき……』

鈴木はそれ以上なにも言わなかった。

ときおり現れる先行車両を追い抜きながら、二台対二台は静寂を切り裂くように疾走する。

『ところで本田先輩。どっちがどっち担当にします?』

『んー、私の推しはGS1200SSかなあ』

『推し、ですか』鈴木の笑う気配がした。

『了解です。じゃあおれがCBR』

　そうやって分担を決めたとたん、二台が別々の方向に進路をとった。

　GS1200SSが海岸沿いを真っ直ぐみなとみらい方面へと進むのにたいし、CBRは左折して中華街方面へと向かっている。

『じゃ、おれはこっちなんで！』

『頑張って！』

　鈴木の白バイがCBRを追って左折し、視界から消える。その姿を目で追う余裕はない。すでに速度メーターは時速八〇キロを超えている。

　いちおうマイクのスイッチを入れて呼びかけた。

「赤と黒のバイクの運転手さん。左に寄せて止まってもらえますか」

　やっぱり駄目だった。さらに速度を上げたらしく、GS1200SSのお尻がぐんと遠ざかる。

　拡声を切り、ヘルメットの中で叫んだ。

「白バイ舐めんなよ！」

　いっきにスロットルを開いて速度を上げた。

3

潤は地面に足を降ろし、目を閉じて神経を研ぎ澄ました。

ハーレーの特徴的な排気音が移動している。方角は南西方向。進行方向は東。

「オッケー」

白バイを発進させる。

しばらく走ってふたたび足をおろし、耳を澄ました。

間違いない。このあたりか。

夜は明けたが、住宅街はまだ眠ったままだ。視界は朝もやでうっすらと白んでいる。この突き当たりの道から、ハーレーが現れるはずだった。

あと三〇秒……二〇秒……一〇秒……。

排気音が近づく。

……五、四、三、二、一。

「ゼロ」

潤が呟いたそのタイミングで、本当に角を曲がってハーレーが現れた。白バイに気づいてライダーがぎょっとしているのがわかる。

潤はハンドルを握ったまま、冷ややかにハーレーを見つめる。

細い道を走ってきたハーレーは引き返すこともできずに、こちらに向かって走ってくる。そして途中にあった曲がり角に逃げ込んだ。

潤はあえて後を追わない。ふたたび目を閉じ、音の世界に没入する。

ハーレーは港南《こうなん》区上大岡《かみおおおか》付近の住宅街を逃げ回っていた。大通りだと逃げ切れないという判断かもしれないが、そもそも管轄の地理は完全に頭に入っている。それに排気音に特徴のあるハーレーでいくらこそこそ逃げ回ったところで、潤には無意味な抵抗だった。排気音の方角や距離感から、逃走車両が頭に描いた地図のどの部分を移動しているのかが、手にとるようにはっきりとわかる。

逃げようとする方向に先回りを繰り返されたライダーには、潤が何人もいるように感じられるかもしれない。徒労感に包まれ始めているころだろう。

応援要請をした所轄署のパトカーのサイレンも、遠くに聞こえ始めてきた。

そろそろ終わらせるか。

潤はスロットルを開いて走り出す。自分の存在を相手に悟られないように大きく迂回《うかい》するかたちで先回りし、おそらくここに現れるだろうという場所でブレーキをかけた。

もう一度目を閉じ、相手の現在位置を確認する。

よし。間違いなくこっちに向かっている。

狭い道を塞ぐように横向きに白バイを止め、白バイからおりて近くのアパートの陰に身を潜めた。

ハーレーの排気音が近づく。

ホルスターのストッパーを外し、銃把《じゅうは》に手をかけた。

目を閉じ、脳裏に地図を浮かべる。

ヘッドライトで存在がバレてしまわないよう道路からの角度を計算し、しゃがみ込んで息を殺した。

やがてハーレーがやってくる。

目の前を通過し、右折しようとする。

だが右折しようとした道を塞ぐように、潤のＣＢ１３００Ｐが止まっている。

「うおっ！」

ハーレーが急ブレーキをかけて停止した。

同時に、潤は拳銃を両手でかまえて飛び出した。

「動くな！」

ライダーがはっとしてこちらを振り向く。

なおもハンドルを倒し、じりじりと足で後退して切り返そうとしていたので、もう一度警告した。

「動くな！　手を上げろ！」

男が指示通りに手を上げた。

だが声を聞いて、白バイ隊員が女であることに気づいたようだ。ヘルメットのシールドの奥の目に、明らかな嘲りが浮かぶ。

「撃てないだろ」

「試してみるか」

「撃てないよ。日本の警察は撃たない」

「だから試してみろって」

男が両手を上げたまま、おそるおそるシートを跨いでバイクからおりる。

来る――潤は思う。この目は機会をうかがう目だ。

案の定、男が顔の横に上げていた手を、万歳をするように大きくのばし、襲いかかってきた。

潤は銃把から片手を離し、伸縮式の特殊警棒を取り出す。それをのばしながら鞭《むち》のようにしならせ、男の脇腹に叩き込んでやる。ぴしゅっ。空気を切り裂くような音がして、男の顔が苦悶《くもん》に歪んだ。

潤は素早く後ろに下がり、助走をつけて男に跳び蹴りした。鳩尾《みぞおち》を突かれた男が後ろに吹っ飛び、ハーレーと一緒に倒れ込む。

そのとき、ちょうど所轄署の白黒パトカーがやってきた。

おりてきた若い男の制服警官が、横転したハーレーの上に倒れ込んでいる男を見てぎょっとする。

「暴行罪」

潤は男の罪状を告げたが、制服警官はどっちが暴行したんですかという顔をしていた。

4

『交機七四からA分隊。追跡中だった王健宏《ジェンホン》の身柄を確保』

無線越しの潤の素っ気ない報告に、山羽公二朗はにやりと唇の端をつり上げた。

『あいつ。さすがだな』

元口の声も嬉しそうだ。

「感心してる場合じゃないぞ。おれたちも早いとこ片をつけよう」

『了解』

山羽と元口の白バイは横須賀街道を南へと走っていた。一〇メートルほど前方には、二台のニンジャがいる。ニンジャは一台が緑、もう一台が黒だった。

元口が速度を上げてチャージをかける。

ところが二台のニンジャが息の合った動きで進路を塞いでくる。まるで黒のニンジャが、緑のニンジャの影のようだ。

『ひーっ。なんなんすかね、こいつら。泥棒よりサーカスにでも入ったほうが儲かったんじゃないの』

減らず口をたたいて余裕綽々《よゆうしゃくしゃく》に見えて、その実、部下がかなり苛立っているのが、山羽にはわかった。

それにしても元口の言う通り、見事なコンビネーションだ。これほど息の合った走りは見たことがない。就職先を間違ったんじゃないかと毒づきたくなるのもわかる。

とはいえ、舞台は選んだほうがいいな。

神奈川県内でA分隊に勝てると思ったら大間違いだ。

「元口。このまま横須賀街道で追尾していてくれ」

『了解』

山羽は京急金沢文庫駅の手前で右に折れ、横須賀街道を外れた。フルスロットルで飛ばし、金沢文庫駅西口のバスロータリーに出た。そこからひたすら南に走り、金沢八景駅の手前で横須賀街道に合流した。

バックミラーで確認する。後方に二台のニンジャが見えた。狙い通り先回りできたようだ。

ぐっ、と速度を落とし、ニンジャを追いつかせる。

「元口」

『はい。なんでしょ』

「〈影〉が邪魔だな」

ややあって、嬉々《きき》とした応答があった。

『偶然ですね。おれもそう思ってましたよ』

山羽は二台並走するニンジャのうち、左側の黒いほうのニンジャの前につけた。

ぐっ、と速度を落としていく。黒ニンジャは左右に避けようとするが、山羽が避けようとするほうに移動して進路を塞ぐ上に、右側で並走する緑ニンジャが邪魔になって大きくステアリングを切ることができない。衝突や転倒を避けるには、山羽に合わせて速度を落としていくしかない。

緑ニンジャも黒ニンジャに合わせて速度を落としていたが、速度メーターがゼロになるまで並走しても意味がない。ついに我慢できなくなり、黒ニンジャより前に出てしまう。そこにすかさず元口が滑り込み、スペースを埋めた。右側から左へと幅寄せし、真綿で首を絞めるように動く余地を奪っていく。

前方から速度を落としてくる山羽の白バイ、右からは幅寄せしてくる元口の白バイ、左にはガードレールという状況の中で身動きが取れなくなった黒ニンジャはついに停止し、ライダーが地面に足をついた。すかさず元口がその腕をつかむ。

さあ、次はおまえだ。

山羽は前を向いた。

十数メートル先で、緑ニンジャのライダーが地面に足をつき、こちらを振り向いている。

山羽が走り出しても、緑ニンジャは逃げようとしない。

相棒が捕まったことで完全に戦意喪失したらしく、緑ニンジャのライダーは山羽が隣に並ぶまで足を地面から浮かせることもなかった。

5

みなとみらい大橋を渡り、第一京浜《けいひん》道路を川崎方面へ。

木乃美はGS1200SSにぴったりとくっついていた。

「赤と黒のバイクの運転手さん。止まってくださーい」

思い出したように呼びかけてみるが、ライダーは言うことを聞く気配もない。

スロットルを開き、速度を上げて逃走車両の隣に並んだ。

ライダーがぎょっとしてこちらを二度見する。

「逃げても無駄だから。止まってくださーい」

それでも懸命に逃げようとするが、ライディングテクニックに雲泥の差がある。

逃走車両のライダーがなにをしようがどうあがこうが、引き離される気がしない。

いつまで逃げる気だろうと、木乃美がうんざりしたとき、山羽の声が飛んできた。

『交機七一からA分隊。李兄弟をまとめて確保』

さすが班長。

ともあれさっき潤が王を捕まえ、いま山羽が李兄弟を捕まえたということは、残りはリーダーの楊か、唯一の日本人幹部である松崎か。

ふいに鈴木の言葉がよみがえった。

――さあ。少なくとも、GS1200SSじゃないことはたしかですね。

鈴木はGS1200SSのデザインが昭和っぽくてダサいから、リーダーが選ばないだろうと言っていた。ということは、私が追っているこのバイクのライダーは、松崎ってことかな。

ふたたび速度を上げ、GS1200SSの隣に並んでみる。

拡声で語りかけてみた。

「ねえ、松崎くん」

よほど驚いたらしく、今度は二度見どころか三度見された。松崎で間違いなさそうだ。

「ほかのメンバーはともかく、松崎くんは日本人じゃない。逃げたところでどうにもならないと思うんだけど」

松崎は耳を貸さないと決めたのか、真っ直ぐ前を向いた。

「このまま逃げて、海外に渡ったとしても、ずっと海外で暮らすの。日本に帰ってこられなくなるよ。コンビニスイーツとか食べられなくなるよ」

あ、でも海外には海外のスイーツがあるか。

「いらねー!」

ヘルメットの中で叫んでいるのがかろうじて聞こえた。

「一発屋芸人とかもわからなくなって、一発ギャグとかしている人がなんでそんなことをしているのか意味わからな――」

そのとき、無線から坂巻の声が聞こえた。

『菊名一三からA分隊。聞こえますか。坂巻です』

坂巻が所轄署の無線を借りて呼びかけているようだ。

「部長。どうしたの」

『楊はまだ身柄拘束できとらんのだよな』

「うん。たぶんいま、鈴木くんが追跡してると思うけど」

『おまえは』

「松崎を追ってる。もうすぐ鶴見《つるみ》」

『その雑魚《ざこ》はいつでも捕まえられるけん、念のために沢野の妻子のところに行ってみてくれんか』

「どういうこと?」

訊ねながら、すでにブレーキレバーを握っていた。ＧＳ１２００ＳＳが遠ざかっていくが、かまわずに方向転換し、君島邸のある旭区へと向かう。

坂巻が言う。

『沢野に話を聞いたんだが、沢野は楊のことを異常に恐れとる。仲村を殺したのもやはり楊らしい』

「そうなの」

『ああ。実はＳＮＳで拡散されとったあの速度違反の動画、あれを流出させたのは仲村らしい。借金のカタにバイク窃盗をやっとったけど、いくらバイクを盗んでもやめさせてくれんし、借金を減らしてくれんかったもんだから、告発するつもりで動画を拡散させたという話たい。あの動画が出回れば警察が動いて、窃盗団の活動がままならなくなると思ったとやろうな。実際に動いたし。けど実行部隊を監視するために撮影しとった動画が流出したことに激怒した楊は、血眼で犯人捜しを始めた』

「そして仲村を殺した」

『そう。実はそれ以前に、沢野も楊に窃盗団を抜けたいと申し出とった。八年前に弟を死なせてしまったことに負い目を感じて犯行に加担したものの、根が悪に染まりきれない沢野には、犯行を続けることが苦痛だった。けれど楊は抜けさせてくれない。そこであえて飲酒運転をして免許取り消しになった』

「あれ、わざとだったの？」

やはりそうだった。あえて警察の前で違反してみせ、あえて捕まったのだ。

『免許取り消しになったらバイクを運転させられることはないと考えたらしい。そもそも免許の有無が問題になると思っとる時点でとんだ甘ちゃんだが。とにかく免許取り消しになったぐらいでは、窃盗団を抜けることは許されんかった。そしてそんな沢野への見せしめとして、楊は沢野の目の前で、沢野のバイクで仲村を撥ねた。そして瀕死の仲村を道路に放置し、後続車に轢かせた。どうやってもこの男からは逃げられん。沢野はそのとき、そう思ったらしい。警察に自首することも考えたが、もしもそんなことをすれば妻子に危害を加えると脅されて諦めたという話だ』

「だから妻子の様子を見に行けと？　でも警察から逃げてるのに、わざわざ奥さんや子供を傷つけようとするかな」

『どうだろうな。楊浩然という男は相当に執念深いらしいし、白バイに追い立てられてもう逃げ場がないとなれば、自棄を起こしてやらかすかもしれん。無線で途中経過を聞いとったが、鈴木が追いかけとるバイクはそっちの方角に向かっとったやろうが』

「ざっくり言えばね。でも――」

そのとき、交信に誰かが割り込んできた。

『木乃美』潤だった。

『どうやら坂巻さんの危惧が現実のものになったらしいよ。鈴木に追い詰められた楊が、君島家からみれいちゃんを連れ出した』

木乃美の視界に暗幕がおりた。

6

潤からの情報によれば、楊はみれいちゃんを拉致してバイクで近所の公園に逃げ込んだらしい。みれいちゃんが沢野と密会していたというあの、広大な公園だ。

本来はバイクの乗り入れ禁止だが、背に腹は代えられない。

木乃美は車止めのアーチを避けて、公園に白バイを乗り入れた。

とにかく広い公園なので、楊がどこにいるのか見当もつかない。木々が鬱蒼《うっそう》として、このあたりだけまだ夜が明けていないみたいだ。

低速で舗道を走行していると、前方にヘッドライトが見えた。

急いで行ってみると、楊でも潤でもなく鈴木だった。

「本田先輩ですか」

鈴木も楊を見つけたと期待したのか、明らかな落胆が顔に表れていた。

「どうしてこんなことになったの」

「すみません……」

鈴木ががっくりと肩を落とす。

「責めてるんじゃないの。どういう経緯でこんなことになったのか、教えてほしいだけ」

「CBRを追いかけていたんです。どうやって止めたらいいのかわからなかったけど、見失いさえしなければ大丈夫だと思って、ずっと後ろをついて走っていました。正直、あいつはライテクもないし、下手くそだし、楽勝だと思って舐めてたんです。

そしたらあいつ、あの家の前でバイクを止めて、ガラスを割って家に押し入って、近づいたらみれいちゃんを殺すぞって言われて、なにもできませんでした。もしかしてみれいちゃんはもう……」

「なに言ってるの。大丈夫。ほら」

木乃美は虚空を指差した。

「排気音がかすかに聞こえるでしょう」

鈴木が耳を澄ます。

「そう……ですね」

「あれは潤だよ。きっと楊を追跡している。潤は排気音さえ聞こえれば逃走車両を見失ったりしないから」

「潤」木乃美は無線で呼びかけた。

「いまどこらへんにいるの」

『どこらへん……ううん。公園の中だと説明が難しいな』

しばらく考える間があった後で、答えが返ってきた。

『左手にアスレチックの遊具が見える』

「わかった。ありがとう」

木乃美は周囲を見回した。

少し進んだところに園内マップの案内板が立っている。

「いまここだから、左手にアスレチックが見えるってことは……」

「こっちです」

鈴木が前のめりになりながら、バイクを走らせる。

しばらく走ると、たしかにアスレチックが左手に見えてきた。だが楊と潤のバイクはいない。二台とも走り回っているのだから当然だ。

さらに進むと舗道の分岐に差しかかった。

木乃美は耳を澄ました。さっきよりは確実に排気音が近くなっているが、正確にどの方向から聞こえているのか判断できない。

「おれは左に行ってみます」

「それじゃ私は右」

手分けして探すことにした。

するとほどなく、サーチライトのような光の筋がうごめいているのが見えてきた。筋は二本。間違いない。あれが楊と、それを追う潤のバイクだ。

「鈴木くん。こっち！　いた！」

無線で鈴木に伝え、バイクを走らせる。

潤の後ろについても意味がないので、進路を読んで先回りした。

右手前からヘッドライトが近づいてくる。

楊のバイクだ。

こちらの存在に気づいたらしく、急に方向転換して左奥に向かおうとした。そのときにみれいちゃんを確認できた。シートの後ろに座り、楊の背中にしがみつくようにしている。いまにも振り落とされそうでひやひやする。

潤と木乃美のいないほうの舗道を選択した楊だったが、そこにも鈴木のバイクが先回りしていた。

「諦めろ！　楊！」

しかし往生際の悪いことに、楊は舗道を外れて緑の地面を走り出す。

三方から取り囲むようにしながら、ＣＢＲを追った。舗装されていない道は波打っていて、走るたびに身体が上下左右に揺さぶられる。前方では、必死に楊にしがみつくみれいちゃんの後ろ姿が大きく揺れていた。

やがて三台の白バイは、ＣＢＲを大池《おおいけ》の手前にまで追い詰めた。

バイクをおりた楊が、みれいちゃんを連れて池の畔《ほとり》にまで後ずさる。

「もう終わりだ！」

左側から追い詰めてきた鈴木が言う。

「うるせえ！」

「余計な血は流したくないんだ」

正面から迫ってきた潤が、楊に拳銃を向けた。

「へへ。撃てるもんなら撃ってみやがれ」

楊がいやらしい笑みを浮かべながら、みれいちゃんの両肩をつかんで自分の前に立たせた。

「子供を盾にするなんて卑怯よ！」

右側から木乃美は言った。

「こいつの父親だって卑怯だろうが！　人の弟を死なせたのに、のうのうと生きてやがる！」

「それは違う！」鈴木がかぶりを振った。

「弟さんが亡くなったのは、危険なゲームの結果だ！　ゲームに参加したのは弟さんの意思で、誰かに強制されたわけじゃない！」

「うるせえ！　ごちゃごちゃぬかすな！」

「ごちゃごちゃぬかしてんのはどっちのほうかな。自分の悪事を正当化するために弟さんの死を利用するなんて、あんたのほうがよっぽど卑怯で卑劣じゃないか」

潤は拳銃をかまえたまま、楊を鋭く睨みつける。

そうしながら、潤は鈴木に軽く顎をしゃくった。

「鈴木。あんたも出しな」

虚を突かれた様子だったが、鈴木は指示通りに拳銃を取り出し、楊に向けた。

楊はぷっ、と噴き出した後、高笑いした。

「こいつはおもしろい。どうせ撃てやしないっていうのに、そんなもん出してどうする」

そう言いながらも、みれいちゃんを盾にしようとしているようだ。潤の前にいたみれいちゃんが、鈴木の前に移動させられた。

「木乃美――」潤が黒目だけでこちらを見た。

拳銃を出せと言われるのかと思ったが、違った。

「あんた、みれいちゃんにライテク教えたことあるんだよね」

いったいなんの話だ。

一瞬きょとん、となった木乃美だったが、すぐに思い出した。

「ああ。去年の話だよね」

「そう。いまからみれいちゃんにやってもらおうかな」

潤の意味深な目配せでピンと来た。来てしまった。

木乃美はＣＢ１３００Ｐのシートに座り直し、ステアリングを握った。小道路旋回をして楊に背を向け、少し走ってふたたび小道路旋回。さっきよりも楊から少し遠ざかるかたちになった。

なにが起こるのかという感じに、楊がきょろきょろと視線を泳がせる。

「どうせ撃てやしねえよ！」

完全に虚勢だ。声が震えていた。

潤が拳銃をかまえたまま宣言する。

「沢野みれい！　あなたをいまから特別に神奈川県警交通機動隊員とする！　良い子だから私の言う通りに、これまで練習してきたことをしっかりやること！　いいね！」

目をぱちくりと瞬かせたみれいちゃんがとりあえず、という雰囲気ながら「はい」と返事した。

「いくよ！　木乃美！」

木乃美はぶぉんぶぉんとエンジンを空ぶかしして応じた。

「三……二……一……」

潤が「ゴー！」と叫ぶのと、木乃美がいっきにスロットルを開くのは同時だった。

木乃美のマシンが楊に向かって猛然と突っ込む。

楊の顔がみるみる近づく。その顔が目を見開き、口を大きく開ける。

みれいちゃんのことは盾にしようと、鈴木のほうに向けたままだった。だが木乃美の奇襲に驚いたせいで、みれいちゃんの肩をつかんでいた手が、一瞬そこから離れる。

その瞬間だった。

「リーンイン！」

潤が叫ぶ。

命令に反応したみれいちゃんが、大きく身体をかたむけて倒れ込む。

木乃美は右手だけでブレーキレバーをぎゅっと握り締めた。左ブレーキが後輪、右ブレーキが前輪なので、通常は両手で同時に握らねばならない。だがいまはあえて右手のみだ。前輪だけにブレーキがかかることにより、前輪がロックされ、後輪が浮き上がる。

木乃美は前に投げ出される。事故ではない。あえて飛んだのだ。

楊に身体ごとぶつかって、背後の池にどぼん！

……のつもりだったが、スピードが足りなかったのか、踏切がまずかったのか、木乃美はうつ伏せで楊の足もとに倒れ込んだ。

ぜんぜん、届いてないんですけど。

ところが次の瞬間、ぱしゃん、と派手になにかが水に落ちる音がした。

顔を上げる。

池の中で鈴木と楊が格闘していた。意識が木乃美に奪われている隙を突いて、楊に飛びついたらしい。

みれいちゃんのもとには、潤が駆け寄っている。

「鈴木くん！　頑張れ！」

木乃美は手を口に添えて声援を送った。

そのとき、腰まで水に浸《つ》かって胸ぐらをつかみ合っていた二人がこちらを見る。

なぜか二人ともぎょっとしながら目を剝いた。

だが我に返るのは、鈴木のほうが早かったようだ。すかさず楊の脚を払い、後ろ手に組み伏せる。そのまま身体ごと楊を水中に押さえつけた。

楊は水を叩いてもがいたが、やがて抵抗の意思がなくなったらしい。

あっぷあっぷと喘《あえ》ぎながら「降参！　降参！」と叫んだ。

楊を引き立たせた鈴木が、手錠をかける。

木乃美は立ち上がり、みれいちゃんのもとに駆け寄った。

「みれいちゃん。大丈夫だった？」

「うん。大丈夫」

そう言って身体を起こしたみれいちゃんは、木乃美の顔を見るなり涙目になって笑った。

潤も忍び笑いしているし、鈴木に肩をつかまれて水からあがろうとしていた楊までもが、笑いを堪えているようだ。

「なになに？」

なんでみんな笑ってるの？

木乃美はきょろきょろと周囲を見回した。

地面に膝をつき、池の水面に自分の顔を映してみる。

「げっ」と無意識に声が漏れ、格闘中だった鈴木と楊がぎょっとした理由もわかった。

揺れる水面に映り込んだ自分の顔は、泥で真っ黒に汚れていた。

エピローグ

これほど目を開けるのが怖いと思ったのは、いつ以来だろう。

「だからって人に手を引かせるか？」

文句を言いながらも木乃美の手を引いてくれ、「そこ。段差があるから気をつけてね」と声をかけてくれる潤は、なんてやさしいんだ。つくづく良い友達を持った。

「おぅい本田。お疲れさま……ってか、なにやってんだ」

元口の声が聞こえた。

「結果発表を見るのが怖くて目を開けられないんですって」

答えたのは鈴木だった。後ろからずっとついてきている。

「なんだそりゃ、意味わかんないな」

耳慣れた声のするほうに顔を向ける。

「梶さん、来てたんですか」

「もちろんだよ。宮台もいるぞ」

ふん、と鼻を鳴らす音がそうだろうか。

そちらに顔を向けると、宮台の声が聞こえてきた。

「おれには他人を応援する、という行為の意味がわからない。他人は他人で己のために努力しているだけだし、応援する他人がなにかを成したところで、自分になにか利するところがあるわけではない。なのになぜ他人を応援する――」

「はいはい。そんなこと言って、けっこう見入ってたじゃないか」

梶にひやかされ、宮台が言葉を詰まらせる。

気を取り直すような咳払いの後で、宮台は言った。

「退屈はしなかった」

「これ、こいつなりに褒めてるから」

梶の言葉でみんなが笑う。

「宮台さん。ありがとうございます」

木乃美も笑いながら薄目を開けそうになり、ぎゅっと目を瞑《つぶ》った。

未明の大捕物から十日あまりが過ぎた。

いま木乃美たちがいるのは、みなとみらい分駐所のだだっ広い白バイ訓練場だ。

だが通い慣れたはずの職場には、いつもとは異なるざわめきや、人の気配や、ガソリンや焼けたアスファルトの臭いが満ち満ちている。

全国白バイ安全運転競技大会への出場権をかけた、競技会当日。

一年前から照準を合わせて日々研鑽《けんさん》を積んできた、その日。

すべてを出し切った。競技を終えた木乃美に、もうできることはない。あとは広場中央の運営テント横のホワイトボードに貼り出された結果を確認するだけだ。

だが目が開けられない。

怖くて足が踏み出せない。

「お願い」

「はいはい」

ふたたび潤に手をとられ、とぼとぼと爪先で足もとを探るように歩き出した。

「それにしてもすごい緊張感でしたね」

鈴木の声がいつもより興奮している。

「そりゃそうよ。全国大会への出場権がかかってるんだ」

元口が言う。

「鈴木も目指してるのか、全国」と訊いたのは梶だ。

「そのつもりでしたけど、今日の先輩方の戦いを目の当たりにしたら、レベルが高すぎて自分なんてまだまだそんなこと口にできるレベルじゃないなと——」

「おいおい。鈴木が謙遜を覚えたぞ」

「すごい晴れてるのに、これから雨でも降るんですかね」

元口と潤にからかわれ、鈴木が困り果てている。

「勘弁してくださいよ」

っていうか、みんなぞろぞろついてきてるんだ。誰一人気配が離れない。

「おう本田。なにしよっとな」

また人数増えちゃったし。

「本田さん。素晴らしかったよ」

部長がいるってことは、峯さんもいるよなあ、うん。

よたよたと歩きながら、今日の競技会を振り返る。

パイロンスラローム。8の字走行。小道路旋回。ナローコース。回避制動。一〇〇パーセント満足とはいえないが、大きなミスもなかったし、それなりにこなせた手応えもある。もしかしたら今回こそは、と期待する気持ちも、正直なところ大きかった。

だからこそ怖いのだ。ずっとここを目標に頑張ってきた。こつこつ努力を積み重ねたし、できる限りのことをした。そして自分では実感しづらいが、たしかに成長してきたのだと思う。ある程度やりきった、出しきったという充実感があった。

でも出しきったのに、期待にほど遠い結果だったら。

全国大会なんて、箱根駅伝の先導なんて夢のまた夢だという現実を突きつけられてしまったら、はたして自分は、結果を素直に受け入れられるだろうか。時間がかかっても、立ち直れるだろうか。

「やっぱり怖い」

振り向いて帰ろうとしたとき、誰かにぶつかった。

「あ。ごめんなさい」

「なにやってんだ。急に振り返るからだろう」

あれ……？

「班長。いたんですか」

「そりゃいるさ。ここをどこだと思ってるんだ」

神奈川県警第一交通機動隊みなとみらい分駐所ですけど。

「ってか、いい加減目を開けろよ」

山羽の声があきれている。

「だって見るのが怖いんです」

「だったらおれが結果を教えてやろうか。本田の順位は――」

「わーわーわー。やめてください」

両手を大きく振りながら喚《わめ》いて、ふと思った。

「班長。もう私の結果知ってるんですか」

「ああ。さっき見てきたからな。ってか、元口と梶もいた――」

「おっと班長！　そこまでそこまで」

その口ぶりからすると、元口や梶もすでに結果を知っているようだ。

「もしかしてみんな、知ってるの？」

目を開けていなくても、なんとなく答えづらいような空気は感じる。

うっすらと目を開けた。

潤がいる。山羽がいる。元口がいる。梶がいる。鈴木がいる。宮台がいる。坂巻がいる。峯がいる。

誰もが微妙な表情で目配せし合っている。

これは、どういうことだろう。

どういう結果を受けての、どういう表情だろう。

ふいに恐怖が実体を伴ってきて、全身が震える。

「やっぱり――」

無理。そう言いかけたとき、観覧者席から思いがけない声が飛んできた。

「木乃美ちゃーん！」

みれいちゃんだった。

祖父と母を伴ったみれいちゃんが、観覧者席の最前列で手を振っている。

「うっそ……」来てたんだ。全身から血の気が引くのを感じた。

父親の逮捕に少なからず衝撃を受けた様子のみれいちゃんだったが、お父さんが罪を償い終えるまで頑張ると誓ってくれた。坂巻によれば、沢野については実刑こそ免れないものの、楊から家族に危害を加えると脅されてやむをえず実行部隊に加わっていたという事情もあり、それほど刑期は長くならないだろうという話だ。

楊を逮捕した日の別れ際、木乃美は、来年こそ箱根駅伝の先導役になれるように頑張ると、みれいちゃんに約束していた。

でも、まさか競技会を観戦に来るなんて。

ここで負けたらかっこ悪いじゃん。

みれいちゃんの前で、負けるわけにはいかないじゃん――。

ガチガチに緊張しつつも懸命に愛想笑いを作ってみれいちゃんに手を振り返す木乃美に、山羽は言った。

「おまえはこの一年、頑張ってきた。それはおれたちが一番よくわかっている」

はっとした。

仲間たちの顔を見る。それぞれから頷きが返ってくる。

「努力したのはおまえだ。その結果も、おまえ自身で受け止めろ。そのおまえを、おれたちで受け止める」

私、自身で……。

浮き立っていた心が、すっと落ち着いた。

潤に両肩をつかまれ、回転させられる。

「行ってこい。本田木乃美」

ぽん、と背中を押され、木乃美は歩き出した。

前方のホワイトボードに、上位入賞者とその記録を書いた紙が貼り出されていて、その前には人だかりができている。

その人だかりが、木乃美が近づくとなぜか二つに割れた。

あれ。なに。これって、どういうこと？

一歩一歩、ホワイトボードに近づく。

次第に視線が落ち、視界には地面に踏み出す自分のブーツの爪先が映る。

ふわふわと身体が軽くて、まるで自分の足じゃないみたいだ。

でも、それじゃいけない。

受け止めるんだ、自分で——。

ぐっ、と奥歯に力をこめ、自分の意思で地面を踏み締めた。自分の足の底が地面をつかむ感触が戻るまで、地面を睨みつける。

よし。

たんっ、と踵《かかと》で地面を踏み鳴らす。

肩を上下させ、大きな深呼吸を一つ。

肺の空気を出し切ったところで、踏ん切りをつけるように頷き、その反動で顔を上げた。

視線を下から上へと動かす。

ランキング下位の名前から順に、情報が飛び込んでくる。

ない。ない。ない。自分の名前が、ない。

だが最後――。

「あっ……」

ホワイトボードの最上段に自分の名前を見つけたとたん、木乃美の視界は涙で滲んだ。

本作品は書き下ろしです。フィクションであり、実在する個人および団体とは一切関係ありません。

（編集部）

文日実
庫本業 さ44
社之

白《しろ》バイガール　最高速《さいこうそく》アタックの罠《わな》

2019年4月15日　初版第1刷発行

著　者　佐藤青南《さとうせいなん》

発行者　岩野裕一
発行所　株式会社実業之日本社
〒107-0062　東京都港区南青山5-4-30
CoSTUME NATIONAL Aoyama Complex 2F
電話［編集］03(6809)0473［販売］03(6809)0495
ホームページ　http://www.j-n.co.jp/
DTP　ラッシュ
印刷所　大日本印刷株式会社
製本所　大日本印刷株式会社

フォーマットデザイン　鈴木正道（Suzuki Design）

ISBN978-4-408-55473-0（第二文芸）